U0133127

《药学实验室技术系列》编写委员会名单

主　　任　刘振明

编　　委

王文浩　刘振明　陆　峰　赵　阳　刘　丹　马宇衡
乔　梁　刘　森　贾永蕊　王冬梅

本书编写人员名单

主　　编　刘　丹
副 主 编　何建涛　刘振明
编写人员
刘　丹　何振涛　刘振明　袁　兰　安丽华　乔　梁
贾永蕊　欧阳荔

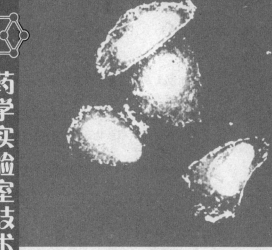

药学实验室技术系列

PHARMACY LAB TECHNIQUE SERIES

药学实验室仪器设备手册

● 刘丹 主编

HANDBOOK OF PHARMACY LABORATORY INSTRUMENTS

化学工业出版社
生物·医药出版分社
·北京·

本书为药学实验室系列丛书之一，全面介绍了药物药学研究中常见的仪器设备，内容涵盖光谱类仪器、色谱类仪器、质谱类仪器、电子显微镜以及其他仪器。本书主要介绍了各类仪器的基本原理、应用领域、操作步骤及实验注意事项，综合性强、实用性强。

本书可为从事药物研究的科研技术人员操作相关仪器设备提供参考。

图书在版编目（CIP）数据

药学实验室仪器设备手册 / 刘丹主编. —北京：化学工业出版社，2009.1
（药学实验室技术系列）
ISBN 978-7-122-03279-9

Ⅰ. 药… Ⅱ. 刘… Ⅲ. ①药物学-实验室仪器-手册
②药物学-实验室设备-手册 Ⅳ. R9-33

中国版本图书馆 CIP 数据核字（2008）第 106639 号

责任编辑：杨燕玲　　　　　　　　　　装帧设计：韩　飞
责任校对：吴　静

出版发行：化学工业出版社　生物·医药出版分社
　　　　　（北京市东城区青年湖南街 13 号　邮政编码 100011）
印　　刷：北京云浩印刷有限责任公司
装　　订：三河市宇新装订厂
720mm×1000mm　1/16　印张 11　字数 114 千字　2009 年 1 月北京第 1 版第 1 次印刷

购书咨询：010-64518888（传真：010-64519686）　　售后服务：010-64518899
网　　址：http://www.cip.com.cn
凡购买本书，如有缺损质量问题，本社销售中心负责调换。

定　　价：25.00 元　　　　　　　　　　　　　　　版权所有　违者必究

缩 略 语 表

英文缩写	英文全称	中文全称
2-DE	Two Dimensional Electrophoresis	双向电泳
2D-NMR	Two Dimensional NMR	二维核磁共振谱
CE	Capillary Electrophoresis	毛细管电泳法
CGE	Capillary Gel Electrophoresis	毛细管凝胶电泳
CIEF	Capillary Isoelectric Focusing Electrophoresis	毛细管等电聚焦电泳
COLOC	Correlated Spectroscopy via Long Range Coupling	远程 ^{13}C-^{1}H 相关谱
COSY	Correlated Spectroscopy	^{1}H-^{1}H 相关谱
CZE	Capillary Zone Electrophoresis	毛细管区带电泳
DAD	Diode Array Detector	二极管阵列检测器
ECD	Electron Capture Detector	电子捕获检测器
ESI	ElectroSpray Ionization	电喷雾电离
FCM	Flow Cytometer	流式细胞仪
FD	Fluorescene Detector	荧光检测器
FID	Hydrogen Flame Ionization Detector	氢火焰离子化检测器
FTICR	Fourier Transfer Ion Cyclotron Resonance mass analyzer	傅里叶变换离子回旋共振质量分析器
GC	Gas Chromatography	气相色谱法
GC-MS	Gas Chromatography-Mass Spectrum	气质联用法
GFC	Gel Filtration Chromatography	凝胶过滤色谱法
GPC	Gel Permeation Chromatography	凝胶渗透色谱法
HETCOR	Cross Correlated Heteronuclear	^{13}C-^{1}H 相关 COSY 谱
HPCE	High Performance Capillary Electrophoresis	高效毛细管电泳法
HPLC	High Performance Liquid Chromatography	高效液相色谱
HPLC-MS	High Performance Liquid Chromatography-Mass Spectrum	液质联用法
ICP-MS	Inductively Coupled Plasma Mass Spectrometry	电感耦合等离子体质谱仪
IEF	Isoelectric Focusing	等电聚焦
IR	Infrared Spectrophotometry	红外分光光度法
IT	Ion Trap	离子阱
LC	Liquid Chromatography	液相色谱
LSCM	Laser Scanning Confocal Microscope	激光扫描共聚焦显微镜
MALDI	Matrix Assisted Laser desorption Ionization	基质辅助激光解吸电离
MEKC	Micellar Electrokinetic Capillary Chromatography	胶束电动力学毛细管电泳

英 文 缩 写	英 文 全 称	中 文 全 称
NMR	Nuclear Magnetic Resonance Spectrum	核磁共振谱法
NOESY	Nuclear Overhauser Effect Spectroscopy	^1H-^1H 相关谱
PMF	Peptide Mass Fingerprinting	肽质量指纹图谱
PSD	Post Source Decay	源后衰变技术
Q	Quadrupole mass analyzer	四极杆质量分析器
Q-Q-Q	Quadrupole-Quadrupole-Quadrupole mass	三级四极杆质谱仪
Q-TOF	Quadrupole-Time Of Flight mass analyzer	四极杆-飞行时间质谱仪
RID	Refractive Index Detector	示差折光检测器
SDS-PAGE	SDS-Polyacrylamide Gel Electrophoresis	SDS 聚丙烯酰胺凝胶电泳
SEC	Size Exclusion Chromatography	体积排阻色谱法
SEM	Scanning Electron Microscope	扫描电子显微镜
TCD	Thermal Conductivity Detector	热导检测器
TEM	Transmission Electron Microscope	透射电子显微镜
TOF	Time Of Flight mass spectrum	飞行时间分析器
UPLC	UltraPerformance LC	超高效液相色谱仪
UVD	Ultraviolet Photometric Detector	紫外检测器
UV-Vis	Ultraviolet-Visible Spectrophotometry	紫外-可见分光光度法

目　　录

光谱类仪器

第1章 紫外-可见分光光度计

　　紫外-可见分光光度计（UV-Vis）的基本结构和工作过程见图 1-1，光源提供连续辐射，经过单色器变成特定波长的光（波长范围一般为 200～800nm），此光照射到样品池时，使样品分子的外层电子发生跃迁而被吸收，被吸收后变弱的光到达检测器，光信号变成电信号，最终由信号输出系统给出实验结果。在紫外-可见光区域内产生吸收的基团通常都含有 π 轨道，如：$>C=C<$、$>C=O$、$-NO$、$-NO_2$、$-N=N-$ 等，紫外-可见光谱法的定性分析和定量分析也是基于这些基团所发生的光谱吸收。

光源　　　　　单色器　　　　样品池　　　检测器　　信号输出系统

图 1-1　紫外-可见分光光度计的基本结构和工作过程

1.1　仪器简介

　　图 1-2 是岛津公司 UV-3600 型紫外-可见分光光度计。
　　在紫外-可见光谱法中，选择合适的溶剂将样品配制成溶液，盛放于样品池中。样品池一般有石英和玻璃两种材质，石英样品池（图1-3）对紫外光和可见光都是透明的，可用于两个光区；玻璃样品池只能用于可见光区，但价格便宜。

图 1-2 岛津公司 UV-3600 型紫外-可见分光光度计

图 1-3 石英样品池

紫外-可见分光光度计通常分为单光束分光光度计、双光束分光光度计和双波长分光光度计三种类型。

（1）单光束分光光度计

单光束分光光度计的结构如图 1-1 所示，一次实验只能提供某一特定波长的光。它的特点是结构简单、光源能量损失和机械振动小，因而灵敏度高。但由于样品溶液和参比溶液不是同时进行测量的，实验结果受仪器的不稳定性影响大。此外，由于每一波长都必须进行溶剂的校正，所以单光束分光光度计不能实现连续波长的扫描，一般只能在一个波长下进行吸光度的测量。

（2）双光束分光光度计

双光束分光光度计的结构如图1-4所示，光源经单色器后被分成相同强度的两束光，分别通过参比溶液和样品溶液。

这种方式即时地扣除了背景溶液的干扰，可以对样品进行连续波长的扫描。

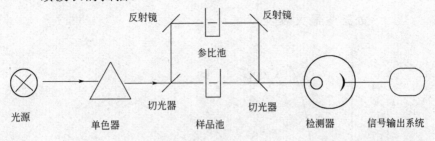

图1-4　双光束分光光度计结构示意

（3）双波长分光光度计

双波长分光光度计的结构如图 1-5 所示，同一光源发射的光经过两个单色器，分成两种不同波长的光，这两束光通过切光器后交替照射样品池，到达检测器后，两个波长处的吸光度差值与样品浓度成正比，即 $\Delta A = (\varepsilon_1 - \varepsilon_2)bc$。

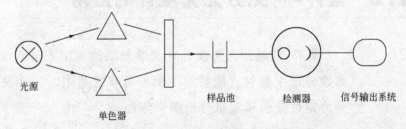

图1-5　双波长分光光度计结构示意

与双光束分光光度计相比，双波长分光光度计对背景吸收的扣除更有优势。使用双光束分光光度计时，很难找到两个完全相同的样品池，分析复杂样品时也很难找到与之匹配的背景溶液。双波长分光光度计使用一个样品池，不会因为样品池差异而产生影响。在分析浑浊样品时，可以自动扣除浑浊度引起的背景吸收，因此，该类仪器在分析浑浊样品时很有优势。

图 1-6 是一张紫外吸收光谱图，其中，横坐标为入射光

的波长（λ），纵坐标为吸光度（A）。从该紫外吸收光谱图中，可以知道该样品在 250～400 nm 范围有吸收，且在 λ 为 300 nm 处产生最大吸收。

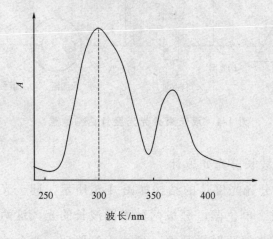

图 1-6　紫外吸收光谱图

1.2　紫外-可见分光光度计的应用

紫外-可见分光光度计在药学领域的应用十分广泛，许多药物分子中都包含能够产生紫外吸收的基团，具体说来主要分为定性分析和定量分析两个方面。

（1）定性分析

在定性方面，紫外-可见分光光度计可用于化合物的结构分析和化合物的鉴定。

① 结构分析。

紫外-可见分光光度计用于结构分析比较有限，只能分析含有 π 轨道的结构，其理论依据为：不同基团发生吸收时的特征是相异的；同一基团与相邻基团（例如含 π 轨道的基团、—OH、—NH$_2$、—SH 等）发生共轭后，吸收特征也会发生变化，如乙烯和丁二烯在相同实验条件下最大吸收波长分别为 165nm 和 217nm。

所以，根据化合物吸收光谱可以推测其是否含有某种官能团，还可以推测与其相邻的官能团。例如，若某种化合物在 200～800nm 范围内无吸收峰，则该化合物不含双键或环状共轭体系；如果其在 250～300 nm 范围内有中强吸收且有一定的精细结构，则可能有苯环的结构。此外，紫外-可见光谱法还可以研究化合物的互变异构体和顺反异构体。

② 化合物的鉴定。

运用紫外-可见光谱法可以为化合物的鉴定提供一些信息，如果两种化合物的紫外-可见光谱图在同样的实验条件下完全相同，则存在两者为同一化合物的可能性。但是，由于该方法只能鉴定吸收基团而无法鉴定非吸收基团，一些吸收基团的吸收峰不受其他非吸收基团的影响，图谱中只有少数几个波长范围宽而缺少特征的峰，因此，只利用紫外-可见光谱法很难得到可靠的结论，往往需要配合核磁共振光谱、质谱、红外光谱等其他方法进行定性鉴定。

（2）定量分析

紫外-可见光谱法是定量分析中最常用的方法之一，具有应用范围广、选择性好等优点。这种方法既能进行单组分的定量，又能进行多组分的定量。

紫外-可见光谱法进行定量分析的理论依据为朗伯-比尔定律。

朗伯-比尔定律

假设一束平行光（强度为 I_0）垂直通过某一厚度为 b 的均匀溶液（浓度为 c）时，发生了吸收，光强降为 I，则：

$$I = I_0 e^{-\varepsilon'b} \qquad (1\text{-}1)$$

式（1-1）即为朗伯-比尔定律。

若对式（1-1）进行运算得：

$$\lg \frac{I_0}{I} = \varepsilon bc \qquad (1\text{-}2)$$

式中，$\dfrac{I_0}{I}$ 为透光率 T；$\lg\dfrac{I_0}{I}$ 为吸光度 A，两者关系为：

$$A=\lg\dfrac{I_0}{I}=\lg\dfrac{1}{T}$$

由式（1-1）和式（1-2）可得：$A=\varepsilon bc$

式中，ε 为摩尔吸光系数；b 为溶液的厚度，取决于样品池的规格；c 为样品浓度。

① 单组分定量分析。

单组分的定量测定通常采用标准曲线法，选择配制成不同浓度的标准品溶液，分别测定其在某一特定波长下的吸光度值 A，以浓度为横坐标，A 为纵坐标作图，得到该标准品的标准曲线。在同一实验条件下，测量待测样品的吸光度值，在标准曲线中找到对应点，该点所对应的浓度值即为待测样品的浓度。

② 多组分的定量分析。

多组分的定量分析会出现以下 3 种情况：一是在 A、B 组分的最大吸收波长处，两者不产生相互干扰[图 1-7（a）]；二是只有 A 干扰 B，或者只有 B 干扰 A[图1-7（b）]；三是两者互相干扰[图1-7（c）]。

第一种情况可以按照单组分的情况处理，分别得到 A、B 两种组分的浓度。第二种、第三种情况可根据吸光度加和的原理，在各自最大吸收波长处测定吸光度值，列出方程式而得到两种组分的含量。

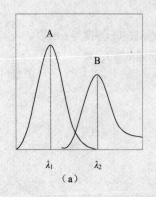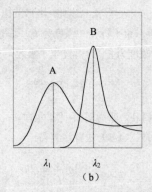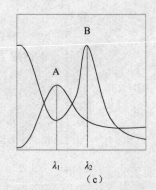

图 1-7　多组分定量分析时出现的 3 种情况

$$A_{(\lambda_1)} = \varepsilon_{A(\lambda_1)}bc_A + \varepsilon_{B(\lambda_1)}bc_B$$
$$A_{(\lambda_2)} = \varepsilon_{A(\lambda_2)}bc_A + \varepsilon_{B(\lambda_2)}bc_B$$

1.3 操作步骤

① 样品的制备。将样品配制成合适浓度的溶液，置于样品池中。

② 样品的测试。将样品放入仪器中，设定仪器的各项参数，采集图谱。

③ 数据的处理。

④ 根据实验目的进行定性和定量分析。

1.4 实验注意事项

应用紫外-可见分光光度计时要注意以下事项。

① 进行实验前，要先根据具体的实验设计选择合适的紫外-可见分光光度计类型，根据样品的量选择合适的样品池，量少的样品使用微量样品池。

② 选择溶剂时，既要选用有很好的溶解能力的溶剂，还要尽量选用与样品作用较小的溶剂，防止图谱中振动精细结构消失。

③ 使用分光光度计时要保证样品室绝对干净，小心放入样品，放入比色皿前一定要先用滤纸和擦镜纸将比色皿外表面擦干净，不要污染样品池和光度计外表面。

第2章 红外分光光度计

红外分光光度计（IR）的组成部分与紫外-可见分光光度计大致相似，但每一部分所用的材料和性能不同，组成顺序也有所不同。红外吸收光谱是由分子内振动、转动能级发生跃迁而产生的，主要运用在 $4000 \sim 400 cm^{-1}$ 的中红外区。除了单原子分子（如 He）和同原子分子（如 N_2）之外，几乎所有的化合物在红外光谱区域都会产生吸收。

2.1 仪器简介

红外分光光度计通常分为色散型红外分光光度计和傅里叶变换红外分光光度计。

（1）色散型红外分光光度计

色散型红外分光光度计与紫外-可见分光光度计的组成部分相同，但排列顺序不同。色散型红外分光光度计单色器置于样品和检测器之间，而不是光源和样品之间（图 2-1）。绝大多数的色散型红外分光光度计都为双光束的结构。

（2）傅里叶变换红外分光光度计

傅里叶变换红外分光光度计（图2-2）是基于光的相干性原理而设计的，仪器不采用单色器而使用 Michelson 干涉仪。

它的工作过程比较复杂，简单阐述为，一束经过特殊处理（Michelson 干涉仪）的红外光透过样品后被检测，得到带有样品信息的干涉图，此图由计算机经过傅里叶变换变成光强度和波长之间的关系图。

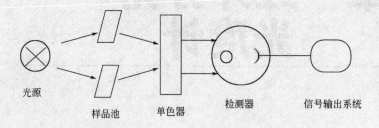

图 2-1　色散型红外分光光度计的结构示意

光源　　样品池　　单色器　　检测器　　信号输出系统

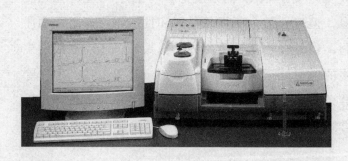

图 2-2　傅里叶变换红外光谱仪

傅里叶变换红外分光光度计的特点如下。

① 测量速度快。

傅里叶变换红外光谱仪在同一时间内包含了所有波长红外光的信息，每次扫描只需要 1s，适合于分析不稳定的化合物，也适合与气相色谱及液相色谱联用。

② 灵敏度高。

与色散型红外分光光度计相比，傅里叶变换红外分光光度计由于在硬件上不使用狭缝和单色器，光的能量在整个过程中损失小，保持了更大的强度，因此能够达到很低的检出限。

③ 分辨率高。

傅里叶变换红外光谱仪的分辨率可高达 $0.01cm^{-1}$。

④ 波长范围广。

选用不同的光源和劈光器，傅里叶变换红外光谱仪可研究整个红外区（10000～10cm^{-1}）的光谱。

图 2-3 是一个红外吸收光谱的实例，红外吸收光谱常用波数（波长的倒数）值作为横坐标，使用百分透光率（T）而不是吸光度（A）作为纵坐标，因此红外光谱中基线在上，峰向下，与紫外-可见光谱中峰的方向相反。此外，与紫外-可见吸收光谱图相比，红外光谱图较为复杂，吸收峰数量多，峰形种类多，强度变化大。

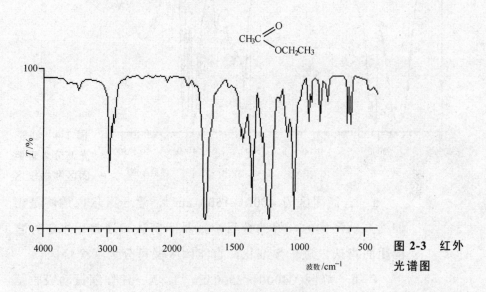

图 2-3 红外光谱图

2.2 红外分光光度计的应用

与紫外-可见分光光度计相同，红外分光光度计的应用也包含定性分析和定量分析两个方面。几乎所有的药物分子都能产生红外吸收，因此，红外分光光度计在药学领域有着广泛的应用。

（1）定性分析

红外分光光度计在定性分析上的应用十分广泛和强大，

也分为结构分析和化合物的鉴定两个方面。

① 结构分析。

综合红外光谱中峰的位置、峰形和峰强 3 个因素，可以对化合物的基团和结构进行指认和分析。为了便于进行解析，通常将红外光谱分为官能团区和指纹区（图 2-4）。

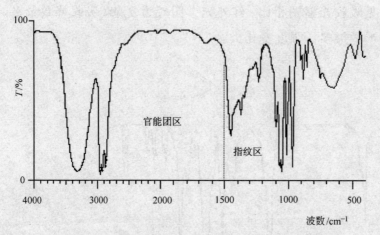

图 2-4 红外光谱分为官能团区和指纹区

a. 官能团区为 $4000\sim1500$ cm^{-1}，这一区域内的峰是由伸缩振动产生的，峰的数目少，易于辨认，通常用来进行官能团的指认。进一步细化，官能团区又可分为 3 个峰区。

● 第一峰区（$4000\sim2500$ cm^{-1}）：X—H 伸缩振动吸收范围，X 为 C、O 和 N 等。

● 第二峰区（$2500\sim1900$ cm^{-1}）：三键和累积双键吸收范围。

● 第三峰区（$1900\sim1500$ cm^{-1}）：双键吸收范围。

b. 指纹区为 $1500\sim600$ cm^{-1}，是由 C—X（X 不为 H）等单键和一些双键的伸缩振动以及多数基团的弯曲振动所产生的。不同的化合物在指纹区内的吸收峰相异，即使是结构类似的化合物在指纹区内一般也有显著的区别，就如同人的指纹一样。

解析红外光谱图时，一般遵循先官能团区，后指纹区；先强峰，后弱峰的原则。指认官能团时，除了分析官能团区的峰，还要在指纹区中寻找相关的信息，提高准确度。对于复杂的官能团，取代基对其吸收峰位置会产生影响，谱图中往往存在多个彼此相关的吸收峰，更要注意综合多方面的信息以得到正确的指认。

② 化合物的鉴定。

与紫外-可见光谱法不同，根据化合物的红外光谱图，可以进行化合物的鉴定。将样品与标样在相同条件下进行红外光谱扫描，对照实验得到的两张图谱，如果两张图谱中吸收峰在位置、强度和峰形等各细节上一致，则可认为两者具有相同的化学结构。

（2）定量分析

红外光谱法定量分析的原理和方法可以参照紫外-可见光谱法。红外光谱法用于定量分析有其优越性，同时也有不足之处。如前所述，大多数的化合物在红外区域都会产生吸收，因此，红外光谱法定量分析的范围很广。红外光谱图中吸收峰多，进行定量分析时选择的余地也较大。不足之处主要表现在图谱中吸收峰多并且容易重叠，分析过程较为复杂，此外，红外光谱法灵敏度较低，不适于测定含量低的组分。

运用红外光谱仪进行定量分析时一般经过以下 3 个步骤。

① 选择吸收峰。

选择用来定量分析的吸收峰时，必须选择待测化合物的特征吸收峰，如果化合物有多个特征吸收峰，则选择吸收强度与化合物浓度有线性关系的峰。

② 测定吸光度（A）。

红外光谱图中常用透光率（T）来表示吸收情况，定量分析时，根据公式 $A=-\lg T$，将透光率转变为吸光度。

透光率的测定有基线法和点测法，其中以基线法最为常用。根据公式 $T=I/I_0$，只要分别得到入射光强度和吸收后光的强度就可以计算出透光率[图 2-5（a）]，但在实际的红外光谱图中，常有较为明显的背景吸收。即使采用双光束型的仪器，也会因为难以找到完全相同的吸收池，而无法消除背景的干扰。在这种情况下，可以采用基线法来计算透光率。

基线法[图 2-5（b）]先在吸收峰左右两侧的拐点处做切线，以该切线为这段谱线的基线，然后从图中得到最大吸收处的 I 和 I_0，并以此推算出透光率和吸光度。

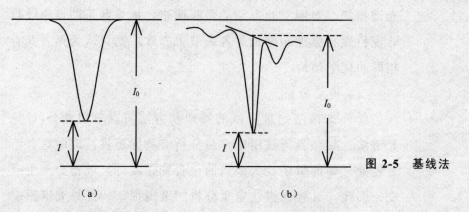

图 2-5 基线法

（a）　　　　　　　　　　（b）

③ 定量分析方法。

定量分析方法与紫外-可见光谱法相同，可采用标准曲线法和方程法来进行分析。

2.3 操作步骤

（1）样品的制备

① 固体样品。

压片法、溶液法等。

② 液体样品。

液膜法、溶液法。

（2）样品的测试

把制备好的样品放入样品架，然后插入仪器样品室的固定位置上。设定仪器的各项参数，采集图谱。

（3）数据的处理

包括扣除基线、标出峰值等。

（4）根据实验目的进行定性分析和定量分析。

2.4 实验注意事项

红外光谱的测定对样品要求较高，样品一般应为单一组分的纯物质，不能含有游离水，否则会因为水的红外吸收而严重干扰样品的图谱。红外光谱样品的制备过程十分重要，样品制备情况对图谱有较大的影响，如果样品处理不当，即使仪器性能和样品纯度都很好，也不能取得令人满意的实验结果。

药学领域的样品几乎均为液态和固态两种类型。

（1）液态样品

液态样品置于液体吸收池（图 2-6）中进行分析，垂直于光路的吸收池两侧为 NaCl、KBr 等盐片窗，它们在中红外区几乎不产生吸收。使用这些盐片窗时要注意防潮，以免表面雾化而影响其透光性。

盐片窗

图 2-6　液体吸收池

低沸点、易挥发的液态样品可置于封闭吸收池中进行测试；不易挥发的样品直接滴在两块盐片之间，形成液膜，其厚度可由垫片调节。如果样品的红外吸收太强，则需要配制成溶液，所选用的溶剂不能干扰样品的红外吸收，也不能腐蚀盐片的表面。

（2）固态样品

固态样品常用压片法（图 2-7），将少量样品与干燥的纯 KBr 固体一起研磨，达到合适的粒度后放入模具中，用压片机压成透明的薄片，再将薄片置于固定板上。为了避免杂质的干扰，压片法必须使用纯度高的 KBr。KBr 容易吸收水分，实验前最好进行干燥处理并置于干燥器中，研磨压片时，操作要快，防止 KBr 吸潮，尽量避免水分对实验的干扰。

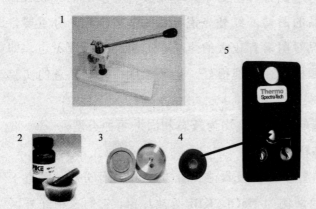

图 2-7　压片法

1—压片机；2—玛瑙研钵；

3—模具；4—压好的薄片；

5—固定板

最后要注意，无论是液态样品还是固态样品，进行制备后的浓度都要适当，浓度太小，会丢失一些弱的吸收峰和一些精细结构；浓度太大，吸收峰太强，连成一片，无法准确辨认。实验过程中，往往需要尝试几次才能找到合适的浓度，得到满意的图谱。

第3章 荧光分光光度计

紫外-可见分光光度法中，分子吸收了紫外-可见光谱区的辐射后，跃迁至激发态。处于激发态的分子由于不稳定而返回至基态，这一过程如果以发射辐射的方式释放出能量，则称为荧光和磷光现象。如果对样品产生的荧光进行检测，则为荧光光谱法。荧光分光光度计的结构与紫外-可见分光光度计类似，光源发射的光经单色器分光后照射到样品池，样品分子发出的荧光再经单色器分光后被检测。

3.1 仪器简介

图 3-1 是 Varian 公司 Cary Eclipse 型荧光分光光度计。与紫外-可见分光光度计类似，荧光光谱法中，样品以溶液状态盛放于石英吸收池中，这种石英吸收池四面均可以透光，紫外-可见光谱法中使用的吸收池只有平行的两面可以透光。

与其他分光光度计不同，荧光分光光度计中入射光和荧光的波长都不是单一不变的，因此既可以得到激发光谱，又可以得到发射光谱（图 3-2）。

（1）激发光谱

改变入射光的波长，固定所检测的荧光波长，可得到激发光谱，图谱中横坐标为入射光的波长，纵坐标为固定波长荧光的强度。

图 3-1　Varian 公司 Cary Eclipse 型荧光分光光度计

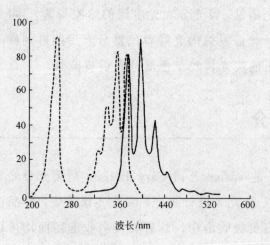

波长/nm

图 3-2　蒽的激发光谱（虚线）和发射光谱（实线）

（2）发射光谱

固定入射光的波长和强度，检测不同波长荧光的强度，可得到发射光谱，图谱中横坐标为荧光的波长，纵坐标为荧光的强度。

激发光谱和发射光谱都是分子结构的特征反映，都可用于鉴别荧光物质，图 3-2 是蒽的激发（吸收）光谱和发射（荧光）光谱。但激发光谱主要用于选定入射光的波长，而后在此波长下测定发射光谱。

3.2 荧光分光光度计的应用

荧光分光光度计用于分析荧光物质和那些能够与荧光物质以共价或非共价形式结合的物质，也分为定性分析和定量分析两个方面。在定性分析方面，可将荧光激发光谱图和荧光发射光谱图与标准谱图比较，从而确定物质结构。目前，荧光分光光度计主要用于定量分析，其原理是荧光强度与荧光物质浓度呈线性关系，可利用标准曲线法进行定量分析。

荧光物质多为长共轭体系的结构，如芳香族化合物、含有长共轭双键的脂肪烃等。有些物质本身不能发射荧光，但与某些荧光试剂结合后，也可发射荧光。例如，可将某些化合物通过化学反应修饰上荧光试剂,使其可用于荧光光谱法；有些无机离子与具有共轭结构的小分子形成配合物后可运用荧光光谱法进行定量分析；利用溴化乙锭的荧光性能来研究小分子与双螺旋 DNA 结构的结合等。

荧光光谱法在药学领域的应用较广，许多药物分子都能够发射荧光。维生素中的维生素 A、维生素 B_1、维生素 B_2、维生素 B_6 和维生素 B_{12} 等；抗生素中的青霉素、金霉素、四环素、抗霉素、链霉素和放线菌素 D 等；麻醉药中的大麻醇、唛啶盐酸盐、四氢大麻醇、吗啡、可待因、罂粟碱、那可丁等；镇痛药中的对乙酰氨基酚、阿司匹林、吲哚美辛等都可运用荧光光谱法进行鉴定和定量分析。

3.3 操作步骤

① 将样品配制成合适浓度的溶液，置于石英池中，放入

仪器中。

② 记录激发光谱。选择激发扫描模式，得到样品的激发光谱，从图谱中找到最大激发波长。

③ 记录发射光谱。选择发射扫描模式，将激发波长固定在最大激发波长，进行发射波长扫描，得到溶液的发射波长。

④ 根据实验目的进行定性分析和定量分析。

3.4 实验注意事项

① 荧光光谱法中使用的样品池为四面透光的石英，实验时应手持在样品池的边棱处，防止污染。

② 温度、溶剂等因素对荧光强度影响较大，实验中，尤其是定量分析实验中，要保持这些实验条件一致。

第4章 拉曼光谱仪

拉曼光谱也属于分子振动光谱，位移为 $4000\sim25cm^{-1}$，与红外光谱相同，但红外光谱为吸收光谱，拉曼光谱为散射光谱。红外光谱的产生是基于分子振动时偶极矩的变化，拉曼光谱是由于分子极化度的变化而产生的。

> 拉曼光谱是由分子的光散射现象所产生的，物质分子对光的散射有瑞利散射和拉曼散射，散射光频率与入射光频率相同的散射为瑞利散射，两者略有差异且对称性分布于瑞利线两侧的为拉曼散射。其中，拉曼散射中频率低于瑞利散射的为斯托克斯线，高于瑞利散射的为反斯托克斯线。常温下，斯托克斯线比反斯托克斯线强得多，因此，拉曼光谱中只记录斯托克斯线。

4.1 仪器简介

拉曼光谱仪的结构与红外光谱仪类似，主要有光源、样品池、单色器和检测器四大部分。因为拉曼效应较弱，拉曼光谱仪普遍使用激光光源，也可称为激光拉曼光谱仪。

图 4-1 是英国雷尼绍公司 in Via 型激光拉曼光谱仪。

对比同一物质的拉曼光谱图和红外光谱图（图 4-2），图谱中产生拉曼峰和红外吸收峰的频率相同，但强度往往不同，有些位置只产生拉曼峰，有些位置只产生红外吸收。

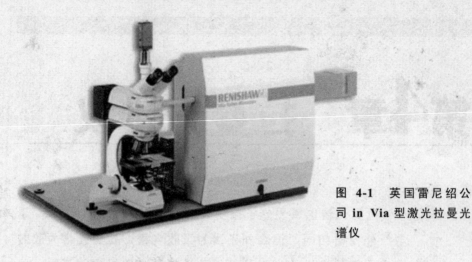

图 4-1 英国雷尼绍公司 in Via 型激光拉曼光谱仪

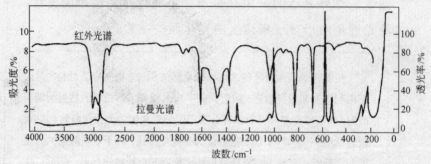

图 4-2 1,3,5-三甲基苯的拉曼光谱图和红外光谱图

（来自于《仪器分析选论》，孔毓庆）

以下规则可用来判断物质是否具有拉曼活性或红外活性。

① 对于具有对称中心的分子（如 O_2、CO_2 等），拉曼活性和红外活性不可兼得，即这些分子如果具有拉曼活性则没有红外活性；如果具有红外活性则没有拉曼活性。

② 大多数的物质都不具有完全的对称性，对于没有对称中心的分子，同时具有拉曼活性和红外活性。

③ 少数分子的某些振动既没有拉曼活性也没有红外活性，例如，乙烯分子的扭曲振动，既不会引起分子偶极矩的变化，也不会引起极化度的变化。

4.2 拉曼光谱仪的应用

与红外光谱仪复杂的样品制备不同，应用拉曼光谱仪时，样品不需进行处理或只需要简单的处理。常量的样品可以置于样品池或样品瓶中进行分析；微量的样品可以根据样品量置于不同直径的毛细管中进行分析；极微量的样品可以配制成溶液置于毛细管中进行分析。

拉曼光谱仪在药学领域的应用也分为定性分析和定量分析两个方面。

（1）定性分析

绝大多数的药物分子都具有拉曼活性，运用拉曼光谱仪可以对它们进行定性分析和结构的分析。在定性分析方面，拉曼光谱法和红外光谱法的应用各有侧重点，拉曼光谱适合于研究同原子或极性差异小的原子形成的非极性或弱极性键的振动，红外光谱适合于研究极性键的振动，两者互为补充。例如，—N=N—、—N=C—、—S—S—、—C≡C—、—C=C—、—C—C—等一些非极性但容易被极化的结构一般都有较强的拉曼峰，它们在红外光谱中吸收较弱，有些结构甚至不能产生明显的吸收。

① 药物分子的结构解析。

与红外光谱法一样，拉曼光谱法也是根据拉曼峰的位置、峰形和强度来推测官能团的种类的，分析时同样要注意取代基对拉曼峰位置的影响。如前所述，—C≡C—、—C=C—、—C—C—等结构在拉曼光谱中都有明显的响应，因此，拉曼光谱法适合于分析有机分子的骨架。一个非常典型的例子是利用拉曼光谱法来分析苯环的取代基位置，间位取代的苯环在 $1000cm^{-1}$ 处产生拉曼峰；对位取代为 $635cm^{-1}$；邻位取代分别为（1035 ± 15）cm^{-1} 和 $700cm^{-1}$ 左右。

② 生物大分子的分析。

拉曼光谱法是分析生物大分子的理想工具。水的拉曼散射非常微弱，对样品不产生干扰，运用拉曼光谱仪可以对蛋白质、核酸等生物大分子的水溶液进行分析，甚至可以研究生物大分子在自然状态下低浓度溶液中的组成和构象。此外，拉曼光谱仪中的激光光源可以聚焦至很小的面积，对固体或液体样品的需求量很小，这也非常符合生物大分子样品量少的特点。

③ 聚合物的分析。

近年来，聚合物在药用载体、药物输送、分离和释放等领域的研究越来越广泛，聚合物及修饰后的鉴定是其中一个重要的环节。拉曼光谱法特别适合于分析聚合物的骨架，这是其他光谱法所无法比拟的，聚合物的碳链骨架有明显的拉曼响应，往往出现较强的拉曼峰，根据这些峰的位置，可以分析出骨架的结构和其取代基的种类。

（2）定量分析

拉曼光谱图中，谱线强度与样品浓度呈简单线性关系，因此，也可以用于组分的定量分析，其定量分析的灵敏度和准确度都优于红外光谱。

4.3 操作步骤

① 根据样品的性状选择合适的进样方式。
② 设定仪器的各项参数，采集图谱。
③ 数据的处理。
④ 根据实验目的进行数据的分析。

色谱类仪器

色谱类仪器主要用于样品的分离和鉴定，样品的分离利用不同物质在两相（固定相和流动相）中吸附或分配系数差异而达到分离的目的，主要分为进样系统、分离系统、流动相控制系统、检测系统和数据处理系统。样品通过进样系统进入仪器，被流动相带入分离系统中进行分离，分离后的样品依次到达检测器，经过信号转换变为色谱图。

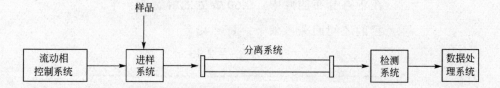

分离系统的核心是色谱柱，其种类繁多，后文会有详细的介绍。色谱法中，影响样品分离的因素主要有色谱柱中固定相的种类、色谱柱的温度、柱长和柱径、流动相的种类以及流动相的流速等。

色谱类仪器可以从不同的角度进行分类，根据流动相的状态可分为气相色谱仪和液相色谱仪；根据原理可分为分配色谱仪、吸附色谱仪和离子交换色谱仪等。后面会着重介绍气相色谱仪、液相色谱仪和毛细管电泳仪。

下图是一张色谱图，其中，横坐标为时间，纵坐标为信号强度，图中标出了一些色谱峰的主要参数。

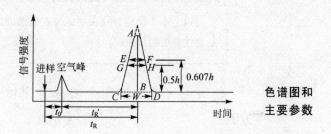

色谱图和主要参数

色谱峰的主要参数包括：

① 峰高。

图中 AB 线，一般用 h 表示。峰高与组分浓度呈正比关系。

② 峰宽。

图中 CD 线，一般用 W 表示。

③ 半峰宽。

峰高一半处的峰宽，图中 GH 线，一般用 $W_{1/2}$ 表示。

④ 标准偏差（σ）。

在正态分布的峰中，$0.607h$ 处的峰宽的一半。

它们之间的关系如下：$W = 4\sigma$

$$W_{1/2} = 2.335\sigma$$

> 峰宽、半峰宽和标准偏差都是表示色谱峰宽度的参数，它们的大小反映了分离效率的高低。

⑤ 保留时间。

组分从进样开始到出现色谱峰顶点的时间，图中 t_R。

⑥ 死时间。

不产生任何滞留的组分从进样到出现色谱峰顶点的时间，图中 t_0。

⑦ 校正保留时间。

扣除死时间后某一组分的保留时间，图中 t_R'。

$$t_R' = t_R - t_0$$

> 以上几个保留时间表示组分在色谱固定相中的滞留情况，是定性分析的依据。

色谱类仪器的应用主要分为定性分析和定量分析两个方面。

1. 定性分析

色谱法对于鉴定样品是否为已知化合物较为方便，主要是比较相同色谱条件下样品组分与已知物质的保留时间，如果两者保留时间一致，则两者可能为同一物质。但要注意这一方法往往不太可靠，不同物质在一种色谱条件下具有相同保留时间的情况常会出现。为了提高结果的可靠性，可以改变色谱条件，比较不同条件下两者的保留时间，如果始终保持一致，则可认为两者为同一物质。色谱条件的改变主要涉及固定相的种类、流动相的种类和流速、色谱柱的温度、色谱柱的内径等。也可以在样品中加入已知物质，如果待测组分峰变高了，峰宽并不相应增加，则该组分为此已知物质的可能性较大。

色谱法对未知组分的鉴定往往不能单独完成，需要通过与其他类型的仪器联用而实现，如气相色谱-质谱联用仪、液相色谱-质谱联用仪等。

2. 定量分析

如前所述，可运用色谱峰的峰面积和峰高进行定量，但是因为峰高更容易受分析条件不稳定的影响，而且线性范围较窄，实际操作中常使用峰面积来进行定量分析。

待测组分的量（m）与峰面积（A）的关系可用如下公式表示：

$$m = f_i A$$

式中，f_i 为绝对校正因子，它受具体分析条件的影响，运用以上公式进行定量分析时，必须保证待测样品的分析条件与计算绝对校正因子的条件相同。实际中常用的是相对校正因子 f_i'，是待测物质 i 和标准物质 s（常为苯）绝对校正因子的比值

$$f_i' = f_i / f_s$$

相对校正因子只与待测物质 i、标准物质 s 和检测器有关，与其他色谱条件无关。

色谱法的定量分析方法较多，在实际操作中，应根据样品的情况和实验的要求选用适合的定量方法。具体说来有以下几种方法。

（1）归一化法

假设一个样品中含有多种组分，且每种组分在色谱图中都出现色谱峰，则每种组分的含量可以用如下的归一化公式计算：

$$C_i = \frac{A_i f_i'}{A_1 f_1' + A_2 f_2' + \cdots + A_n f_n'} \times 100\%$$

归一化法准确、简单，与样品进样量无关，适合于分析多组分样品。但同时也存在着一些缺点，运用此方法时，所用组分都必须从色谱柱中流出，并检测其产生的信号；所用组分的 f_i' 都要测出。归一化法不适合微量组分的分析。

（2）标准曲线法

标准曲线法类似于紫外-可见光谱法中的定量方法，配制不同浓度的标准物质溶液，得到色谱峰后，制作浓度与峰面积的关系曲线。在标准曲线中找到待测组分峰面积所对应的浓度，即为样品中该组分的浓度。

（3）内标法

内标法是在待测样品中精确加入某种标准物质作为内标，进行色谱分析后，根据两者峰面积，得到待测组分的量。

$$m_i = \frac{A_i f_i'}{A_s f_s'} \cdot m_s$$

内标法的优点是定量准确，不受样品复杂的基体、仪器不稳定等因素的影响，但应用此方法时对标准品的要求较高，标准品纯度要高，与待测组分的浓度和保留时间要比较接近，标准品的色谱峰与邻近峰必须完全分开，不能有重叠。

第5章 气相色谱仪

以气体作为流动相的色谱法被称为气相色谱法，适合于分析在–196～450℃范围内有一定蒸气压且不分解的物质。有些难挥发、易分解物质可以通过衍生化生成易挥发、不分解的衍生物，再进行气相色谱分析；对于衍生化效果不佳的难挥发、易分解物质，不适合于应用气相色谱仪进行分析。

5.1 仪器简介

图 5-1 是 Varian 公司的 CP-3900 型气相色谱仪。

图 5-1 Varian 公司 CP-3900 型气相色谱仪

气相色谱仪的主要组成部分如下。

（1）气路系统

气相色谱仪常用的载气由高压气体钢瓶或气体发生器提供，主要为 N_2、H_2、Ar 和 He 等，载气的纯度要高，常为高纯级，否则气体中的杂质会使检测器的噪声增大。气体流速的控制也十分重要，流速不稳定会直接影响保留时间的重现性，稳定的气体流速通过气相色谱仪中的各种减压阀、稳压阀和稳流阀来实现。

（2）进样系统

进样系统是将样品有效地导入分离系统的部分，由进样器和汽化室组成。进样器分为手动进样和自动进样两种方式。手动进样采用微量注射器；自动进样方式操作简便、重现性好，非常适合于大批量样品的分析。液体样品由进样器进入汽化室，汽化后，被载气带入分离系统。

（3）分离系统

分离系统的主要部分为色谱柱，分离效率受到两方面因素的影响，一个方面为色谱柱的柱长、柱径、柱形和柱温；另一方面为色谱柱的固定相和制备方式。

色谱柱根据固定相和制备方式可分为填充柱和毛细管柱（表 5-1）。

表 5-1　填充柱与毛细管柱的比较

项　目	填　充　柱	毛　细　管　柱
材　料	不锈钢、玻璃	玻璃、石英
形　状	U 形、螺旋形	螺旋形
长　度	长度较短，一般为 0.5～6m	长度较长，一般为 30～500m
内　径	2～6mm	0.1～0.5mm
特　征	制备简单，固定相种类多，应用广泛；渗透性差，传质阻力大，理论塔板数低	渗透性好，传质阻力小，理论塔板数高

① 填充柱。

填充了固定相的色谱柱被称为填充柱（图 5-2），其分离性能主要取决于固定相的性质，固定相分为固体固定相和液体固定相。固体固定相为活性炭、硅胶、氧化铝等物质，它们都具有吸附功能，主要应用于分离永久性气体（H_2、O_2等）和低沸点碳氢化合物（$C_1 \sim C_4$）。液体固定相由固定液涂渍在载体表面构成。载体保证了固定液具有一个大的表面，有利于样品与固定相充分地发生作用，常为硅藻土等具有较大比表面的惰性物质。固定液种类繁多，一般分为非极性、弱极性、强极性和氢键型4种，可根据样品性质来选择合适的固定液种类。与固体固定相相比，液体固定相的应用范围要广泛得多，许多类型的样品分离都可以选用液体固定相。近年来在两者的基础上，发展出一种新型的固定相——多孔高聚物，它既可以作为固体固定相，又可以作为载体涂渍上固定液来使用。

图 5-2　填充柱

② 毛细管柱。

毛细管柱（图 5-3）多为开管型，即毛细管内是中空的。制作毛细管柱时，一般经过两个过程：先将毛细管内壁进行改性处理，使其具有更大的比表面积；然后在内壁表面涂渍上固定液。毛细管柱分离的显著特点是分离效能高、分离速度快、样品用量少。

（4）检测器

检测器的作用是将各组分的信号转变为电信号。气相色谱仪的检测器种类较多，各有优势，具体实验操作中，要针对不同的样品和分析目的，选用合适的检测器。

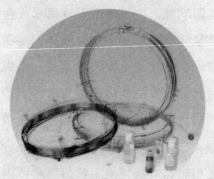

图 5-3　毛细管柱

① 氢火焰离子化检测器（hydrogen flame ionization detector，FID）。

FID 检测器是目前气相色谱法中最常用的检测器，其原理为样品在火焰中发生化学电离，产生离子，根据离子流的强度来进行检测。这类检测器的特点是非常适合于有机物的分析，具有灵敏度高、线性范围广、死体积小等优点。

② 热导检测器（thermal conductivity detector，TCD）。

TCD 检测器根据不同物质具有不同的导热系数而进行检测。这类检测器应用范围比较广泛，对有机物和无机气体均有响应，具有结构简单、稳定性好、样品不被破坏的优点。

③ 电子捕获检测器（electron capture detector，ECD）。

ECD 检测器是一种灵敏度很高、选择性很强的检测器，仅对能够捕获电子的化合物有响应，如含有卤素原子、N、O 和 S 等杂原子的化合物。这些化合物捕获自由电子后，引起基始电流的减弱而被检测。

④ 质谱检测器。

质谱检测器可认为是一台质谱仪，通过接口技术与气相色谱仪连接起来。质谱检测器可以直接给出化合物的结构信息，如分子质量、碎片信息等，是一种强有力的检测工具。

气相色谱仪与质谱仪联用后，出现了一种新的仪器类型——气质联用仪（GC-MS）（图 5-4）。

图 5-4　Waters 公司 Quattro Micro GC

5.2　气相色谱仪及气质联用仪的应用

气相色谱仪和气质联用仪在药学领域的应用主要集中在药物鉴定、药物成分分析和药物代谢研究。目前，仅有约 20%的药物可以直接或者衍生化后运用气相色谱仪进行分析，因此，气相色谱仪在药学领域的运用远少于液相色谱仪。但是，对于这 20%的药物，利用毛细管气相色谱高分离效率、高灵敏度和分离速度快的特点，往往能够取得令人满意的结果。

（1）药物鉴定和成分分析

运用气质联用仪可以直接给出检测组分的结构信息，如果要鉴定化合物是否为某种药物，可以将这些信息与标准物图谱进行比对。对于未知化合物则可根据这些信息来推测药物分子的结构。

（2）中药有效成分的分析

中药成分的分析大多使用液相色谱仪，但有些有效成分具有挥发性，对于这些成分利用气相色谱仪做出指纹图谱十分方便。

（3）药物代谢研究

利用气相色谱仪和气质联用仪可以进行药物代谢和药代动力学研究，许多药物和其代谢产物都能够直接或者衍生化后运用气相色谱法进行分析。例如，在兴奋剂等违禁药物的检测中，气质联用仪有着非常广泛的应用。

5.3 操作步骤

① 将样品配制成合适浓度的溶液，待测。

② 选择合适的色谱柱，并安装于柱箱内。

③ 检查气路系统，确保不漏气。

④ 调节载气。

⑤ 根据实验需要设置柱温和进样口温度。

⑥ 进样分析。如果选择手动进样方式，使用微量注射器。

⑦ 样品分离后依次被检测，得到样品的色谱图。

⑧ 根据实验要求进行定性分析和定量分析。

5.4 实验注意事项

① 气相色谱仪中常用到载气钢瓶，要严格按照钢瓶的安全使用规程来操作。

② 手动进样使用微量注射器时要注意以下事项。

a. 微量注射器是易碎器械，而且常用的一般是容积为 1μl 的注射器，使用时应小心。

b. 微量注射器在使用前后都须用丙酮或丁酮等溶剂清洗，长时间放置时要防止粘连。

c. 进样时，注射器应与进样口垂直，针尖刺穿硅橡胶垫圈，插到底后迅速注射样品，完成后，立即拔出注射器，同时开始采集数据，任何一步操作不得当，都会影响实验结果的重现性。

　　d. 硅橡胶垫圈在长时间进样后容易老化，因此需及时更换。

　　③ 如果采用自动进样方式，设定好分析程序后，可以自动进行大批量样品的分析。

第6章 高效液相色谱仪

以液体作为流动相的色谱法称为液相色谱（liquid chromatography，LC）。随着液相色谱技术的发展，色谱柱中填充物颗粒变得细小，流动相采用高压方式输送，分离效率得到很大的提高，即所谓的高效液相色谱（high performance liquid chromatograph，HPLC）。

液相色谱法和气相色谱法在理论和技术上有许多相似之处，两者各有优势，相互补充。如前所述，气相色谱法不适合分析高沸点、热稳定性差的物质，尽管可以采用衍生化法进行优化，但应用仍然有限，大约只有 15%～20%的有机物可以用气相色谱法进行分析。液相色谱法可在常温进行，有效地弥补了气相色谱法的不足之处，具有更为广泛的应用范围。

液相色谱法种类较多，按照分离原理可分为吸附和分配色谱法、离子交换色谱法和体积排阻色谱法。

6.1 仪器简介

图 6-1 是 Dionex 公司 Ultimate^{TM} 3000 型高效液相色谱仪，属于吸附和分配类液相色谱仪。现在，液相色谱仪的各个组成部分都被设计成模块，用户可以根据自己的要求来选择不同的

模块,这种方式同时也为仪器的升级和改造提供了方便。

自动进样系统

图 6-1 Dionex 公司
Ultimate™ 3000 型
高效液相色谱仪

液相色谱仪的主要组成部分如下。

(1)流动相输送系统

主要由贮液槽、高压输液泵和梯度洗脱装置组成。流动相输送系统的主要功能是将样品带入色谱柱中,实现分离,并最终进入检测系统进行检测,因此,流动相输送系统的稳定性将直接影响样品保留时间的重复性。

① 贮液槽。

贮液槽用来盛放流动相,输送流动相的管路前端装有一个过滤器,可以防止流动相中的固体颗粒进入流动相中。流动相在使用前要进行脱气处理,除去溶解在其中的气体,防止洗脱过程中产生气体。常用的脱气方法有超声波脱气法和抽真空脱气法等,但长时间放置后又会有气体溶解在液体中,现在,许多仪器使用了在线真空脱气技术,实现了流动相的连续脱气。

② 高压输液泵。

高压输液泵是流动相输送系统中的核心部分，其功能是输送流动相，按照动力源可以分为机械泵和气体泵；按照输液方式可以分为恒流泵和恒压泵。

高效液相色谱法中，高压输液泵要具备较高的性能，除了能够达到很高的压力，还要提供稳定、精确、范围宽广和重复性好的流量。

③ 梯度洗脱装置。

分析复杂样品时，单一组分或者恒比例多组分的流动相不能满足分离的要求，通常使用梯度洗脱方式，即按照某一程序连续改变两种或多种流动相比例的洗脱模式，通常可分为高压梯度和低压梯度两种方式。

（2）进样系统

与气相色谱仪类似，采用手动进样和自动进样两种方式。

（3）分离系统

分离系统的核心是色谱柱，还包括预柱和控温装置等辅助部分。液相色谱的色谱柱多采用内部抛光的不锈钢管，管内为填料与固定相（图6-2）。

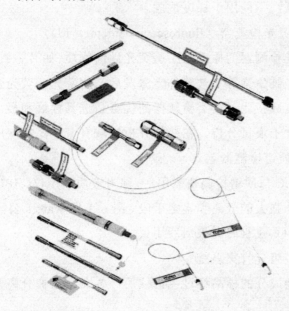

图6-2　各类色谱柱

液相色谱柱种类繁多，按照分离模式可分为正相柱、反相柱、离子交换柱、体积排阻柱和手性柱等；按照实验用途可分为分析柱和制备柱。

（4）检测器

液相色谱法中常用的检测器有紫外检测器、示差折光检测器和荧光检测器等。

① 紫外检测器（ultraviolet photometric detector，UVD）。

该类检测器是液相色谱仪中最常用的检测器，可以用来检测在紫外区域产生吸收的化合物。紫外检测器可分为固定波长检测器、可变波长检测器和二极管阵列检测器（diode array detector，DAD）。二极管阵列检测器可以同时采集各组分在不同波长的光谱图，色谱吸收用于定量分析，光谱吸收则可以提供定性分析的信息，这种检测器适合于中药等复杂样品的分析。

② 示差折光检测器（refractive index detector，RID）。

示差折光检测器根据不同物质具有不同的折射率来进行检测，是一种通用型的检测器。其优点是检测范围广，凡是与流动相的折射率有差异的样品都可以使用这种检测器。但缺点是灵敏度低，不能用于梯度洗脱。

③ 荧光检测器（fluorescene detector，FD）。

荧光检测器的原理为某些荧光活性物质（如芳香族化合物、蛋白质、维生素等）被紫外光激发后产生荧光，荧光强度与物质的浓度成正比。这类检测器的优点是选择性好和极高的灵敏度，适合于痕量分析，在药物分析领域有着广泛的应用。

④ 质谱检测器。

HPLC 与质谱检测器联用后，称为液质联用仪（HPLC-MS），也是一种强大的分离和鉴定手段。图 6-3 是 Waters 公司 Q-TOF Micro 串联-飞行时间液质联用仪。

（5）组分收集系统

复杂成分的样品经过色谱柱后，各个组分被分离开来，如果需要得到某一组分的纯品，则可在检测器后加上组分收集系统。最简易的组分收集系统是用试管手工收集，但要计算好收集开始和结束的时间。现在，许多厂家都推出了自动收集系统，有利于复杂成分和长时间的收集，图 6-4 是 Dionex 公司的 Probot 型自动收集器。

图 6-3 Waters 公司 Q-TOF Micro 串联-飞行时间液质联用仪

图 6-4 Dionex 公司的 Probot 型自动收集器

一般来说，一台由流动相输送系统、进样系统、分离系统和检测器组成的液相色谱仪属于分析型液相色谱仪，如果这 4 个部分再组合上一个组分收集系统就构成了一台制备型液相色谱仪。

6.2 高效液相色谱仪的应用

高效液相色谱仪（HPLC）和液质联用仪（HPLC-MS）在

众多领域有着广泛的应用，在药学领域也发挥着重要的作用。

（1）鉴定药物的纯度

利用高效液相色谱仪的高分离效率，可以有效地鉴定药物的纯度。

（2）药物成分分析

运用 HPLC-MS，可以对药物的成分进行有效地分离和鉴定，利用色谱法的定量分析，还可以测定出某种药物成分的含量。

（3）天然药物的分离和制备

高效液相色谱仪是一种较强的分离手段，适合于分离复杂成分的样品，如天然药物等。配备了组分收集系统的制备型液相色谱仪还可以对感兴趣的组分进行收集，利用仪器的高分离效率，常常可以分离出高纯度的组分。

运用高效液相色谱仪还可以对天然药物中的活性成分进行定量分析，在对某一活性成分实现满意的分离后，即可运用色谱定量法进行定量分析。

（4）药物代谢研究

液质联用仪也是药物代谢研究领域的强有力工具，在代谢物的鉴定、代谢途径追踪和体内体外代谢的比较等方面有着广泛的应用。运用液质联用仪避免了复杂的分离步骤，易于捕捉到痕量代谢物的信息。此外，利用色谱法的定量分析，还可以进行药代动力学的研究。

6.3 操作步骤

① 将样品配制成合适浓度的溶液，待测。

② 选择合适的色谱柱，并安装于柱箱内。

③ 选择合适的流动相，经过处理后置于贮液瓶中。

④ 确认仪器状态正常后,设定柱温、洗脱梯度等实验条件。

⑤ 进样分析。如果选择手动进样方式,使用微量注射器。

⑥ 样品分离后依次被检测,得到样品的色谱图。

⑦ 根据实验要求进行定性分析和定量分析。

6.4 实验注意事项

使用高效液相色谱仪有诸多注意事项,下面按照实验流程逐一说明。

(1) 样品的制备

进样时,样品为溶液状态,应采用过滤或离心方法处理样品,确保样品溶液中不含固体颗粒,防止固体颗粒进入管路后引起堵塞。

(2) 液相色谱仪类型的选择

首先,要根据样品的量选择合适的仪器类型,如某些生物样品,量很少,则可选择毛细管液相色谱仪等管路细、流量小、色谱柱内径长度小的仪器。其次,根据样品的性质选择合适的色谱柱、流动相、流速等条件。

(3) 流动相的准备

为了保证好的实验结果,流动相的纯度多为色谱级,除了脱气之外,必要时还需进行过滤处理。水相流动相需经常更换,防止长菌变质。

(4) 色谱条件的探索

主要是流动相的种类、流速和洗脱梯度,往往需要经过多次实验才能找到比较适合的色谱条件,得到理想的分离效果。要特别注意,不能由一次实验图谱上的单峰就判断此峰为单一成分,如果经过多次改变色谱条件仍为单峰,则其为单一成分的可能性较大。

（5）管路的冲洗

每次实验完成后，都要进行长时间的管路冲洗。如果使用了缓冲液，要用不含缓冲剂的流动相或纯水将仪器的管路、泵、进样阀、色谱柱及检测池等部位充分冲洗干净。

（6）色谱柱的使用和保存

使用色谱柱前要仔细阅读色谱柱附带的说明书，注意适用范围，如 pH 值范围、流动相类型等。实验过程中应使用符合要求的流动相和预柱。色谱柱不使用时应使填充剂处于润湿状态，两端密塞。

第7章 超高效液相色谱仪

　　超高效液相色谱仪（ultraperformance LC，UPLC）是在高效液相色谱仪的基础上发展起来的，它的分离效率和灵敏度都显著高于高效液相色谱仪，使液相色谱的分离能力进入了一个新的阶段。该技术由 Waters 公司研发并生产出第一个商品化的产品——Waters ACQUITY UPLC™（图 7-1）。

图 7-1　Waters ACQUITY UPLC™

　　Waters 公司引入 UPLC 的概念是由 van Deemter 方程式和其曲线开始的，由 van Deemter 曲线可知，色谱柱中固定相颗粒度越小，柱效越高；不同的颗粒度在不同流速下具有各自的最佳柱效；颗粒度越小，最高柱效点越向高流速（线速度）方向移动。因此，降低颗粒度大小不仅能够提高柱效，还能提高分离速度。

这种技术原理简单，但在实际的运用过程中，要解决许多问题，例如，小颗粒填料的耐压问题和装填问题；如何实现稳定的高压溶剂输送；如何设计出快速自动进样器，降低进样的交叉污染；如何实现高速的检测等。Waters 公司结合其在 HPLC 领域的丰富经验，首次使这一技术变为现实，其 Waters ACQUITY UPLC™ 型 UPLC 目前已在药学、环境等诸多领域广泛应用。

UPLC 与传统的 HPLC 相比，有着明显的优势，其分离速度是 HPLC 的 9 倍，灵敏度为 HPLC 的 3 倍（分离度保持相同），分离度为 HPLC 的 117 倍。图 7-2 是运用 UPLC 分离 6 种花青素混合物的色谱图，这六种花青素在 2.1min 内全部实现了基线分离。

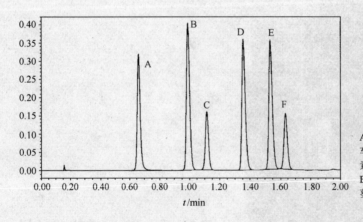

图 7-2　运用 UPLC 分离 6 种花青素混合物

A—飞燕草色素；B—矢车菊素；C—牵牛花色素；D—天竺葵色素；E—芍药花青素；F—锦葵花素

UPLC 在药学领域的应用主要集中在复杂样品的分离上，如天然产物、代谢产物和其他生化样品的分离。Waters ACQUITY UPLC™ 型仪器在设计上能够充分满足质谱检测器的诸多特点和需求，是质谱检测器的最佳液相色谱入口。

UPLC 与质谱检测器连接后，无疑是一种非常强大的分离和鉴定手段。

图 7-3 是 UPLC 与 HPLC 在分离同一样品时的比较图，从图中可以看出，与 HPLC 相比，UPLC 的分离度大大提高了。

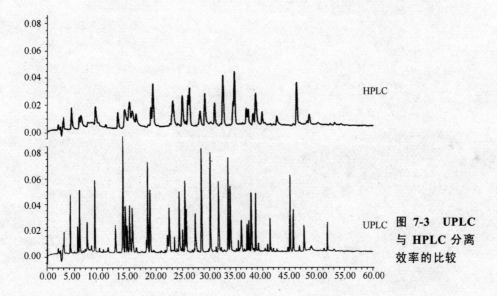

图 7-3　UPLC 与 HPLC 分离效率的比较

第8章 毛细管电泳仪

毛细管电泳法（capillary electrophoresis，CE）也称为高效毛细管电泳法（high performance capillary electrophoresis，HPCE），是利用电泳现象进行分离的实验方法。在电场作用下，电解质中的带电离子向相反电荷方向迁移的现象称为电泳现象，不同带电离子的电荷、大小和形状相异，在同一条件下迁移速率各不相同，从而实现了分离。毛细管电泳法中，样品在毛细管中进行分离。

与液相色谱法相比，毛细管电泳法有许多优势。此方法具有更高的分离效率和更为快速的分离过程；进样量为纳升级，使分析技术从微升水平进入到纳升水平；分离范围广，对无机离子、小分子化合物、生物分子，甚至于整个细胞都能进行有效的分离；实验消耗少，成本低、无污染。

8.1 仪器简介

图 8-1 是 Agilent 公司 G1600A 型毛细管电泳仪。

图 8-1 Agilent 公司 G1600A 型 毛细管电泳仪

毛细管电泳仪的结构与其他色谱类仪器有所不同，图 8-2 是其结构示意图。一台毛细管电泳仪主要由进样系统、分离系统、缓冲液池、高压电源和检测系统构成。

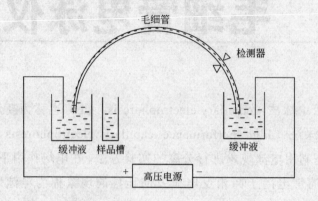

图 8-2 毛细管电泳仪的结构示意

① 进样系统。

进样时，毛细管的进样端插入样品溶液中，采取电迁移进样或流体力学进样。毛细管色谱法对进样的要求比较严格，进样量要小，一般为纳升级，进样长度必须控制在毛细管总长度的 1%～2%。

② 分离系统。

主要为毛细管以及温控等辅助设备。毛细管由熔融石英制成，内径通常为 25～75μm，外径为 350～400μm，有效长度为 10～100cm，其特点是体积小、散热快、可承受高电场。

③ 缓冲液池。

用于盛放缓冲液，要求化学惰性好，不易碎裂。

④ 高压电源。

一般为连续可调的直流电源，具有恒压、恒流、恒功率 3 种输出模式。

⑤ 检测系统。

常见的有紫外检测器、荧光检测器、电化学检测器、质谱检测器。其中，与质谱检测器联用后，即所谓的毛细管电泳-

质谱联用仪（CE-MS）。

根据分离原理，可将毛细管电泳分为：

毛细管电泳 {
毛细管区带电泳（CZE）——适合各类离子的分离

胶束电动力学毛细管电泳（MEKC）——适合中性分子的分离

毛细管凝胶电泳（CGE）——适合蛋白质和核酸的分离

毛细管等电聚焦电泳（CIEF）——适合多肽和蛋白质的分离
}

① 毛细管区带电泳（CZE）。

毛细管区带电泳也称为自由溶液毛细管电泳，是在开口毛细管和缓冲液中进行的电泳。毛细管区带电泳是毛细管电泳中最简单、应用最广泛的一种形式。其分离机理在于：不同离子按照各自表面电荷密度的差异也即淌度的差异，以不同的速度在电解质中移动，而实现分离。这种电泳法不能分离中性物质。

② 胶束电动力学毛细管电泳（MEKC）。

胶束电动力学毛细管电泳的特点是能够进行中性物质的分离，这种方法扩展了电泳法的应用范围。如果在缓冲溶液中加入离子型表面活性剂，使其浓度达到临界浓度，就会形成一个疏水内核、外部带电的胶束（图 8-3）。SDS 是此方法中最常用的表面活性剂，在溶液中形成负胶束，SDS 胶束在溶液中以低于电渗流的速度向负极移动。

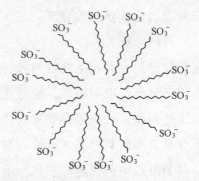

图 8-3　SDS 胶束

中性分子在 SDS 胶束相和溶液（水相）间分配，疏水性强的组分与胶束结合得较牢，以胶束的速度移动；疏水性弱的组分在胶束中的少，在溶液中的多，以电渗流的速度移动。这样，不同的组分就得到了分离。

③ 毛细管凝胶电泳（CGE）。

毛细管凝胶电泳将毛细管电泳和凝胶电泳结合起来，实现了极高的分离度。这种方法将聚丙烯酰胺或琼脂糖在毛细管柱内交联成凝胶作为分离的介质，分离时，电泳为主要分离手段，凝胶介质起到增加选择性的作用，主要按照不同组分质荷比和分子体积的差异进行分离。蛋白质、DNA 等样品用 CZE 模式很难分离，采用 CGE 能获得良好分离。

④ 毛细管等电聚焦电泳（CIEF）。

这种方法将两性电解质作为载体置于毛细管中，蛋白质样品进样后，在两端施加电压。两性电解质在毛细管内形成线性pH 梯度，蛋白质样品迁移到等电点位置时，失去电荷，在该点停留，从而实现分离。此时，再通过外力将这些组分逐一推出毛细管，依次到达检测器进行检测。

8.2　毛细管电泳仪的应用

毛细管电泳在药学领域的应用也十分广泛，可以用于药物分析和对蛋白质、核酸的分离。

（1）药物分析

在药物分析方面，毛细管电泳与 HPLC 大致相同，但毛细管电泳的高分离性能和超微量进样是其进行药物分析的一大优势。在天然药物、代谢组分等复杂样品的分离方面，毛细管电泳除了分离效率高和分离速度快，对样品的前处理也有较低的要求。与 HPLC 中的色谱柱相比，毛细管价格低且易于清洗，对样品的耐受能力强，有些药物代谢的血样和尿样甚至可以直接进行分析。

（2）对蛋白质、核酸的分离

蛋白质分离是毛细管电泳应用最广泛的领域，但因为毛细管管壁对蛋白质具有强烈的吸附作用，导致了分离效率下降，可通过样品处理、管壁惰性化处理等方法来消除这一影响。图 8-4 是使用毛细管等电聚焦电泳仪分析蛋白质混合物的实例。

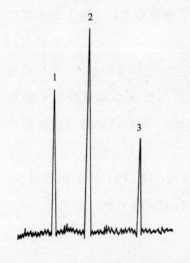

图 8-4　毛细管区带电泳分析蛋白
质混合物的图谱

1—α-乳清蛋白；2—胰凝乳蛋白酶原 A；3—溶菌酶

对核酸的分离常使用毛细管凝胶电泳（图 8-5），毛细管凝胶电泳具有很高的分辨能力，能实现单碱基的分辨，并且，在一次实验中可以对大小差异很大的片段进行分离。

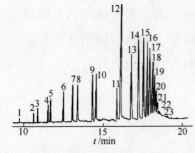

图 8-5　CGE 模式分离碱基对相差
1000 倍的 DNA（此图来自网上）

1—75 碱基对；2—142 碱基对；3—154 碱基对；4—200 碱基对；
5—220 碱基对；6—298 碱基对；7—344 碱基对；8—394 碱基对；
9—506 碱基对；10—516 碱基对；　11—1018 碱基对；
12—1635 碱基对；13—2036 碱基对；14—3054 碱基对；
15—4072 碱基对；16—5090 碱基对；17—6108 碱基对；
18—7126 碱基对；19—8144 碱基对；20—9162 碱基对；
21—10180 碱基对；22—11198 碱基对；23—12216 碱基对

8.3　操作步骤

① 将样品配制成合适浓度的溶液,置于样品瓶中待测。

② 选择并安装合适的毛细管。

③ 确定电解质缓冲液的种类、pH 值和浓度,经过过滤和脱气后置于缓冲液瓶中。

④ 确认仪器状态正常后,设定毛细管温度、进样压力(电动进样电压)、进样时间、正极端或负极端进样、操作电压或电流等实验条件。

⑤ 进样分析前,先用超纯水清洗毛细管 5min,并检查毛细管是否畅通;再根据样品情况,用酸液或碱液冲洗毛细管 5min,然后用超纯水冲洗毛细管 5min;最后用电解质缓冲液冲洗 5min,平衡 5min。

⑥ 进样分析,样品分离后依次被检测,得到样品的色谱图。

⑦ 根据实验要求进行定性分析和定量分析。

8.4　实验注意事项

① 冲洗毛细管的步骤十分重要,直接影响实验结果的可靠性和重现性,不可取消或缩短这一步骤。

② 分离结束后,要用水冲洗毛细管。带有涂层的毛细管冲洗完毕后,应将两端浸泡在水中保存。未涂层的毛细管冲洗完毕后,如果长时间不用,应将毛细管内壁用氮气吹干。

第9章 体积排阻色谱仪

体积排阻色谱法（size exclusion chromatography，SEC）属于液相色谱法，是一种基于样品分子大小的差异来进行分离的方法。固定相常为具有孔穴的凝胶，样品中体积大的分子不能进入凝胶孔穴中，会随着流动相首先到达检测器；中等体积的分子进入到部分孔穴中，滞留后被流动相冲洗出来；体积小的分子能够进入到内部更多、更小的孔穴中，产生更强的滞留，最晚到达检测器。根据这一原理，样品中的不同成分按照分子大小进行了分离。

9.1 仪器简介

图 9-1 是 Waters 公司 Alliance GPC/V2000 系列体积排阻色谱仪。

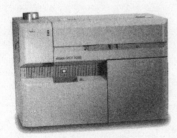

图 9-1　Waters 公司 Alliance GPC/V2000 系列体积排阻色谱仪

固定相按照机械强度可分为软质凝胶、半刚性凝胶和刚性凝胶，其中，刚性凝胶的使用最为广泛；也可分为有机凝胶和无机凝胶。体积排阻色谱法中流动相的选择有其特殊性，不同于其他色谱法。由于样品的分离不涉及样品和流动相之间的相互作用，一般不通过改变流动相组成的方法来改变分离效率。

　　体积排阻色谱法的应用可分为凝胶过滤色谱法（gel filtration chromatography，GFC）和凝胶渗透色谱法（gel permeation chromatography，GPC）。凝胶过滤色谱法使用水溶液为流动相，适合分析生物分子（图 9-2）；凝胶渗透色谱法使用有机试剂作为流动相，适合分析聚合物（图 9-3）。与其他色谱法不同，体积排阻色谱法除了能够实现样品的分离，还可以测定样品的分子质量和聚合物的分子质量分布。

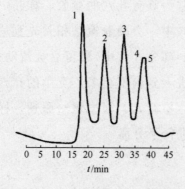

图 9-2　运用凝胶过滤色谱仪分离 5 种蛋白质的混合物（来自于《高效液相色谱方法及应用》，于世林）

1—牛血清蛋白；2—鸡卵清蛋白；
3—肌红蛋白；4—糜蛋白酶原；
5—细胞色素 C

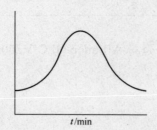

图 9-3　聚合物的 GPC 图

9.2　体积排阻色谱仪的应用

　　目前，体积排阻色谱仪在药学领域的应用主要集中在生物分子和聚合物的分析上。除了分离和分析多肽、蛋白质、糖类、核酸等药物，近年来，随着聚合物在药用载体、药物输送、分离和释放等领域的发展，体积排阻色谱仪在药学领域的应用越来越广泛。

9.3 操作步骤

① 将样品配制成合适浓度的溶液，待测。

② 选择合适的色谱柱，并安装于柱箱内。

③ 选择合适的流动相，经过处理后置于贮液瓶中。

④ 确认仪器状态正常后，设定各项实验条件。

⑤ 进样分析，样品分离后依次被检测，得到样品的色谱图。

⑥ 根据实验要求进行定性分析和定量分析。

9.4 实验注意事项

在应用体积排阻色谱仪时要注意以下事项。

① 根据样品类型选择合适的色谱柱。

② 流动相的选择要综合多种因素，首先，流动相要对样品具有很好的溶解性；其次，流动相要与固定相（凝胶）匹配；最后，检测器对流动相与样品响应要尽可能地有差异。例如，当使用示差折光检测器时，选择的流动相折射率应当与样品折射率有尽可能大的差异。

③ 分离溶解性差的高分子聚合物时，要特别注意选择能将其充分溶解的流动相。

质谱类仪器

质谱仪是鉴定药物结构不可缺少的一类重要仪器，与核磁共振仪、紫外光谱仪和红外光谱仪等相比，质谱仪种类较多，并且各有所长，值得我们重点学习。从质谱法中我们可以得到化合物的两个重要信息，即分子质量和结构信息。

　　质谱法与其他分析方法相比有一个显著的不同之处，即质谱法中存在着一极质谱和多极质谱。样品在一定分子质量范围内进行质谱扫描称为一极质谱；从一极质谱中找到感兴趣的离子（母离子），碰撞活化后裂解成多个碎片（子离子），对这些碎片进行扫描称为二极质谱（图1），如此重复，产生三极质谱、四极质谱。

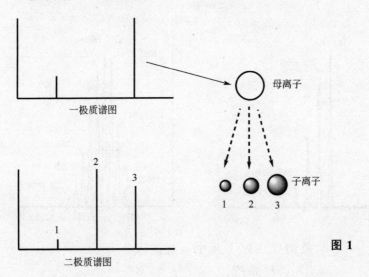

图 1

　　质谱法鉴定化合物的具体过程如下，样品经过进样系统进入质谱仪后，在离子源被电离成各种离子，离子进入质量分析器进行分离，依次到达检测器，得到质谱图谱（图2）。谱图中纵坐标为相对强度，横坐标为质荷比（m/z），其中，样品分子质量为 932.65，m/z 933.65 和 934.68 为其同位素峰。

　　电喷雾离子源（ESI）电离后常出现样品的多电荷峰，分析图谱时要注意识别，图 3 中列举了质谱图中的双电荷峰和三电荷峰，离子的电荷数可以由同位素峰的差值分析得知。

左图中，相邻同位素峰的差值为 0.5，但样品带有单电荷时差值应为 1，根据 1/0.5=2 可推算该质谱峰为样品的双电荷峰。以此法类推，右图中质谱峰为样品的三电荷峰。

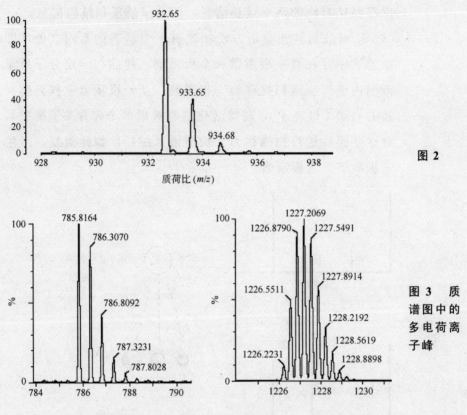

图 2

图 3　质谱图中的多电荷离子峰

质谱仪由以下几个系统组成。

① 进样系统。

有液体进样和固体进样两种方式。

② 离子源。

样品在其中发生电离，由中性分子变成离子。

③ 质量分析器。

将不同质荷比（m/z）的离子进行分离。

④ 检测器。

对不同质荷比的离子进行检测。

⑤ 真空系统。

维持离子源和质量分析器所需要的真空。

⑥ 计算机系统。

对质谱仪进行控制。

其中，离子源和质量分析器是质谱仪的主体部分。质谱鉴定前，首先要根据样品的特性选择合适的离子源，离子源有电喷雾电离（ESI）、基质辅助激光解吸电离（MALDI）、电子轰击电离（EI）和大气压化学电离（ACPI）等类型，它们各自的特点见表1。

表 1　各类离子源的特点

离子源类型	特　　点
ESI	① 软电离，通常只出现分子离子峰，而无碎片峰； ② 适合于生物分子的分析； ③ 测定生物大分子时，得到多种多电荷峰
MALDI	① 软电离； ② 适合于生物分子的分析； ③ 离子电荷多为1个或2个，图谱相对简单
EI	① 电离易于实现，重现性好；图谱中均为单电荷离子； ② 分子离子容易发生碎裂，甚至于全部碎裂，因此能够提供丰富的碎片信息
ACPI	① 软电离； ② 适合于弱极性小分子化合物的电离

质量分析器是质谱仪的核心，它决定了质谱仪的种类，主要有离子阱（ion trap）、四极杆质量分析器（quadrupole mass analyzer）、飞行时间质量分析器（time of flight mass analyzer，TOF）、傅里叶变换离子回旋共振质量分析器（fourier transfer ion cyclotron resonance mass analyzer，FTICR）等（表2）。将某些质量分析器串联而成的质谱仪具有强大的分析功能，如三级四极杆质谱仪（Q-Q-Q mass）、四极杆-飞行时间质谱仪（Q-TOF mass）等。

表 1 和表 2 仅是简单地列举了不同种类的离子源和质量分析器的优缺点及应用范围，对于在药学领域常用的仪器类

型，后面会有重点的介绍。

表 2　各类质量分析器的特点

质量分析器类型	特　　点
离子阱质量分析器	① 单一离子阱即可进行多级质谱（MS^n）； ② 仪器结构简单，性价比高
四极杆质量分析器	① 适合于进行离子的选择，与其他质量分析器联用后，能够很好地进行多级质谱（如 Q-TOF 质谱仪）； ② 仪器结构简单，性价比高
飞行时间质量分析器	① 适合于大分子化合物的分子质量鉴定； ② 结构简单，便于维护
傅里叶变换离子回旋共振质量分析器	① 极高的分辨率和质量准确度，可用来分析化合物的元素组成； ② 可进行多级质谱； ③ 仪器昂贵，维护费用高

　　将不同的离子源和质量分析器联用起来，就构成了多种类型的质谱仪，如电喷雾电离-离子阱质谱仪（ESI-Ion Trap MS）、基质辅助激光解吸电离-飞行时间质谱仪（MALDI-TOF MS）、电喷雾电离-飞行时间质谱仪（ESI-TOF MS）、电喷雾电离-四极杆-飞行时间质谱仪（ESI-Q-TOF MS）、基质辅助激光解吸电离-离子阱质谱仪（MALDI-Ion Trap MS）、电喷雾电离-三级四极杆质谱仪（ESI-Q-Q-Q MS）、电喷雾电离-傅里叶变换离子回旋共振质谱仪（ESI-FTICR MS）等。进行质谱鉴定时，要根据样品特性和检测项目（如是否需要做多级质谱，是否需要高分辨数据等）来选择合适的质谱仪。

第10章 基质辅助激光解吸电离–飞行时间质谱仪

在基质辅助激光解吸电离-飞行时间质谱仪（MALDI-TOF MS）中，离子源的电离方式为基质辅助激光解吸电离（matrix assisted laser desorption ionization，MALDI），质量分析器为飞行时间分析器（time of flight，TOF），它们的工作方式都为脉冲式，因此，能够很好地匹配。

10.1 仪器简介

图 10-1 是岛津公司 AXIMA CFR PLUS 型 MALDI-TOF 质谱仪。

基质辅助激光解吸电离（MALDI）的操作过程为：将适量的样品溶液和基质溶液均匀混合，将混合溶液点在金属靶板上形成固体，最后将金属靶板置于仪器之中进行分析。MALDI 的原理尚需进一步研究，但公认经过图 10-2 所示的过程，基质从激光中吸收能量，汽化后携带样品分子进入气相，同时将样品离子化。

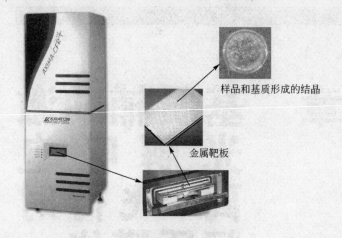

样品和基质形成的结晶

金属靶板

图 10-1　岛津公司 AXIMA CFR PLUS 型 MALDI-TOF 质谱仪

进入 TOF 质量分析器

激光

● 样品

■ 基质

金属靶板

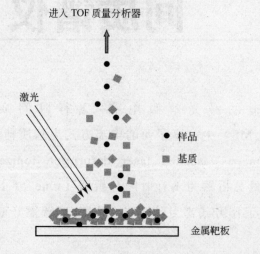

图 10-2　MALDI 的原理

　　飞行时间分析器的原理比较简单，其主体部分是一个漂移管，不同质荷比（m/z）的离子经过加速电压加速后，具有相同的动能而进入漂移管，质荷比大的离子速度慢而较晚到达检测器，反之，质荷比小的离子速度快而较早到达检测器。飞行时间分析器有线性和反射两种模式。线性模式灵敏度高而分辨率低，适合于鉴定大分子化合物[图 10-3（a）]；反射模式分辨率高而灵敏度低，适合于鉴定小分子化合物[图 10-3（b）]。

　　MALDI 属于软电离技术，不产生或产生较少的碎片离子，适用于混合物的分析及生物大分子（蛋白质、核酸等）

的测定。与电喷雾电离（ESI）相比，MALDI 源产生的离子通常为 1 个或 2 个电荷，图谱清晰，利于解析；此外，MALDI 对杂质（盐类、去垢剂等）有较好的耐受性。从理论上来讲，TOF 分析器分析的质量上限是无限的，非常适合于分析大分子质量的化合物（如蛋白质）。

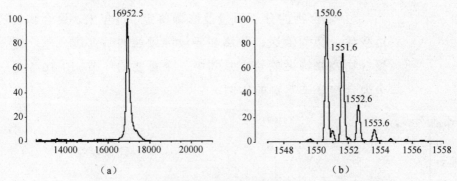

图 10-3　飞行时间分析器的线性模式（a）和反射模式（b）

10.2　MALDI–TOF MS 的应用

MALDI-TOF MS 在药学领域有着广泛的应用，并且越来越显示出其重要性，主要包括：

① 小分子药物、多肽、蛋白质、核酸、糖类药物的分子质量鉴定。

② 肽质量指纹图谱（PMF）鉴定蛋白质种类。

蛋白质经过同一具有专一性酶切位点的蛋白质酶（例如胰蛋白酶）水解后，产生不同长短的肽段，这些肽段在同一张质谱图中形成的峰组成了某种蛋白质的肽质量图谱。不同的蛋白质具有相异的氨基酸序列即一级结构，酶解后获得的肽段也各不相同，这些肽段对于蛋白质来说是专一性的，因此，它们形成的图谱被进一步称为肽质量指纹图谱。

肽质量指纹图谱法鉴定蛋白质一级结构实验过程包括 4 个步骤：蛋白质的分离、蛋白质的酶解、肽质量指纹图谱的鉴定和蛋白质数据库检索。获得一张好的肽质量指纹图谱（图 10-4）后，通过质谱操作软件将各肽段的单同位素质谱峰值列在一起，将这些数值输入蛋白质数据库中进行检索，得到蛋白质种类的信息。

③ 聚合物的分子质量及修饰鉴定。近年来，聚合物在药用载体、药物输送、分离和释放等领域的研究越来越广泛，聚合物及修饰后的鉴定是其中一个重要的环节。图 10-5 是一个聚合物修饰鉴定的实例。

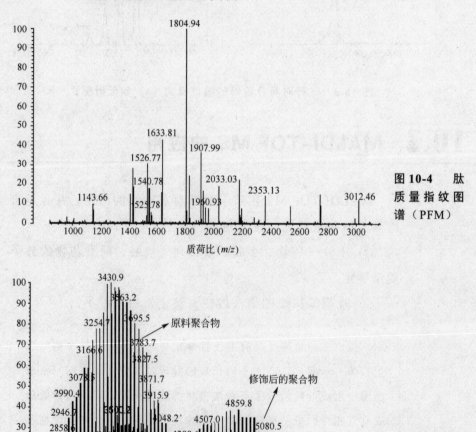

图 10-4 肽质量指纹图谱（PFM）

图 10-5 聚合物修饰的鉴定

10.3　操作步骤

MALDI-TOF 质谱仪的操作步骤为如下。

① 样品的制备。将样品配制为合适浓度的溶液。

② 基质的选择和制备。选择适合样品种类的基质，配制为一定浓度的溶液。

③ 取等体积的基质溶液和样品溶液，混合后，用移液器将混合液点在金属靶板上。室温下，溶剂挥发，形成晶体后，将金属靶板放入仪器中。

④ 打开激光，调节激光能量，得到理想的质谱图后，关闭激光。

⑤ 分析实验数据。

10.4　实验注意事项

选择和运用 MALDI-TOF 时，要注意以下事项。

① 正确地选择基质，鉴定不同类型的化合物选用不同类型的基质（表 10-1）。

表 10-1　不同化合物所适合的基质类型

化　合　物	基质的类型
肽	CHCA，α-腈基-4-羟基肉桂酸
蛋白质	CHCA，α-腈基-4-羟基肉桂酸
	SA，芥子酸
核酸	DHB，2,5-二羟基苯甲酸
	HPA，3-羟基吡啶甲酸
	THAP，2,4,6-三羟基-苯乙酮
聚合物	DHB，2,5-二羟基苯甲酸
	Dithranol，1,8-二羟基-9(10H)-蒽酮
糖类化合物	DHB，2,5-二羟基苯甲酸

② 基质和样品要以合适的摩尔比混合。样品浓度太大或太小都不利于得到满意的质谱图。

③ 基质本身也会出现质谱峰，峰不仅很强，还比较复杂，常常会出现双聚体甚至三聚体的峰，因此，MALDI 源不适合用来分析分子质量在 400~500Da 以下的混合物。

④ 在多级 MS 方面，MALDI-TOF 具有源后衰变（PSD）的功能，但不属于真正意义上的多级 MS。虽然运用 PSD 技术获得了一些成功的实例，但仍然存在着实验过程难以控制、肽段碎裂率低、碎片离子质量准确度低等缺点。

第11章 电喷雾电离源

电喷雾电离（electrospray ionization，ESI）的原理如图 11-1 所示。在进样毛细管中先发生电泳过程，例如在正离子模式下，溶液中的正离子逐渐聚集到毛细管的末端，形成一个带正电荷的锥体。随着溶剂的蒸发，锥体表面积变小，当电荷之间的排斥力大于表面张力时，发生喷溅，产生小液滴。小液滴发生同样的过程，进一步产生更小的液滴，这一过程不断重复，最终形成气相离子。

毛细管

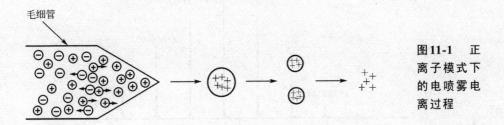

图11-1 正离子模式下的电喷雾电离过程

11.1 仪器简介

图 11-2 是 Waters 公司 Z-SPRAY™ 型电喷雾离子源，其中图 11-2（a）为示意图，图 11-2（b）为实物图。

分析 ESI 电离的质谱图时要注意，质谱图有时候比较复杂，有些药物分子在质谱图中会出现多电荷形式，要注意多加分析。此外，电喷雾电离在分析生物分子类药物（蛋白质、核酸和糖类等）时很有优势，许多生物分子会以多种电荷的形式存在，因此往往可以鉴定分子质量较大的生物大分子化合物，例如，图 11-3 中，Ubiqutin 的相对分子质量为 8560（单同位素峰），图谱中为其带有 10 个正电荷的离子峰。

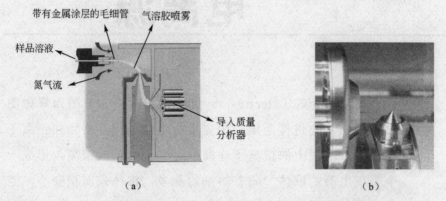

图 11-2　Waters 公司 Z-SPRAY™ 型电喷雾离子源

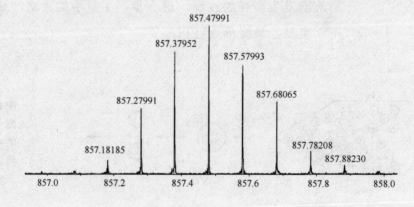

图 11-3　ESI 电离后 Ubiquitin 的多电荷峰

11.2　电喷雾电离源的应用

电喷雾电离（ESI）属于"软电离"，通常不产生碎片离子峰，而直接给出准分子离子峰。除了极性小分子化合物，

ESI 源在蛋白质、核酸、糖类等大分子化合物的鉴定中有着显著的优势。

电喷雾电离（ESI）在药学研究领域的应用十分广泛，大多数的药物分子都适合于这种电离方式。电喷雾电离源可以与傅里叶变换离子回旋共振质量分析器、离子阱、四极杆和飞行时间质量分析器联用，组成各种类型的质谱仪，它们各有优势，在药物分析领域发挥着重要的作用。

11.3　操作步骤

电喷雾电离源的操作步骤如下。

① 将样品配制成一定浓度的溶液，吸入注射器中。

② 将注射器固定在蠕动泵上，针部插入连接毛细管的套管中。

③ 设定流速等各项参数，点开蠕动泵，在毛细管尖端加上电压，开始采集质谱数据，得到理想的图谱后，结束实验。

④ 分析实验数据。

11.4　实验注意事项

① 配制样品溶液时，选用水和有机溶剂（如甲醇）的混合溶剂，有利于样品溶液的雾化。

② 样品要充分溶解在溶剂中，溶液还要经过离心处理，否则细小的颗粒会引起毛细管的堵塞。

第12章 傅里叶变换－离子回旋共振质谱仪

　　傅里叶变换-离子回旋共振质谱仪（FTMS）的工作原理是基于离子在均匀磁场中发生的回旋共振运动。离子进入磁场后，会在洛伦兹力的作用下做环形运动，当达到平衡时，离子的运动为匀速。此时，离子回旋运动的频率与其质荷比成反比，因此，测定出离子回旋运动的频率就可以确定其质荷比。目前，只有 Bruker、IonSpec 等少数公司能够生产出这类仪器，图 12-1 是 Bruker 公司 apex ultra 型傅里叶变换-离子回旋共振质谱仪，包含离子源、超导磁场、分析池、真空系统和数据处理系统等 5 个部分。

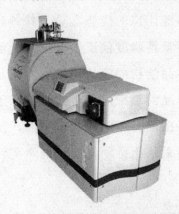

图 12-1　Bruker 公司 apex ultra 型傅里叶变换-离子回旋共振质谱仪

傅里叶变换-离子回旋共振质谱仪与其他质谱仪相比，有着显著的优点，具体如下。

① 质量分辨率很高，可高达几十万（图 12-2）。

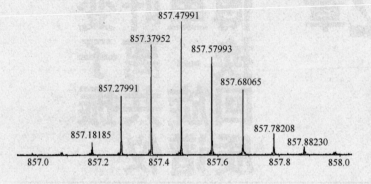

857.47991

857.37952   857.57993

857.27991   857.68065

857.18185

857.78208

857.88230

857.0   857.2   857.4   857.6   857.8   858.0

图12-2 Ubiqutin 的傅里叶变换-离子回旋共振质谱图谱

② 质量精确度高。

③ 适合于进行多级质谱（MS^n），子离子也有很好的分辨率和精确度。

④ 可与多种离子源联合使用，如电喷雾电离（ESI）、基质辅助激光解吸电离（MALDI）、电子轰击（EI）、快原子轰击（FAB）等。

傅里叶变换-离子回旋共振质谱仪的缺点主要是仪器价格昂贵，维护费用高，后者主要因为需要使用大量的液氦来维护超导磁场。

傅里叶变换-离子回旋共振质谱仪在药学研究领域有着其他质谱仪所不能比拟的优势。除了具备其他质量分析器的功能以外，高质量精确度保证了这类分析器可以测出样品的精确质量，为样品结构的确认提供更为充足的证据。更为重要的是，未知样品的精确质量再结合杂原子的数目，可以由数据处理系统给出样品分子的元素组成，推测其分子式，这一过程对于鉴定未知化合物（例如天然药物提取物）的结构很有意义。

第13章 电感耦合等离子体质谱仪

电感耦合等离子体质谱仪（inductively coupled plasma mass spectrometry，ICP-MS）是目前公认的最强有力的元素分析仪器，仪器通过离子源（ICP 源）将样品溶液中的被分析元素转变为离子，通过分析器（MS）将不同质荷比的离子分离，按大小顺序排列，由检测器检验出不同质荷比的离子及其强度，从而得到被分析物质中各元素的定性、定量分析结果。

13.1 仪器简介

图 13-1 是 PerkinElmer 公司 ELAN DRC Ⅱ 型电感耦合等离子体质谱仪。

ICP-MS 仪器的基本组成如图 13-2 所示。

（1）样品引入系统

ICP 要求样品以气体、蒸气或气溶胶的形式进入等离子体，最为常用的是溶液进样。样品溶液经雾化系统转化为气溶胶形式进入等离子体。雾化系统有多种，可根据需要选用。

（2）ICP 离子源及 RF 发生器

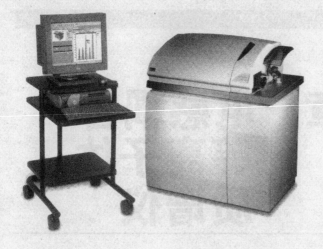

图13-1 PerkinElmer 公司 ELAN DRC Ⅱ型 电感耦合等离子体质谱仪

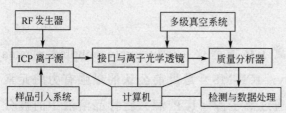

图13-2 ICP-MS 仪器的基本组成

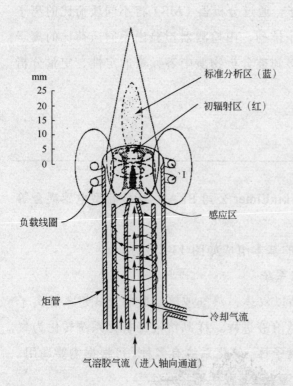

图 13-3 ICP 装置示意

ICP 离子源由等离子体炬管及耦合线圈组成，图 13-3 是 ICP 装置示意图。离子源的作用是利用高温等离子体将样品溶液中被分析元素转化成离子形式。样品的历程通常是通过将截流中分散得很细的固体颗粒蒸发、原子化、电离。RF 发生器为 ICP 离子源的供电装置。

（3）接口与离子光学透镜

接口的关键部件是样品采样锥和截取锥。接口的作用是从常压高温腐蚀气氛的 ICP 离子源中提取样品离子流导入低压、室温、洁净环境的质量分析器。在此过程中通过离子光学透镜将样品离子流聚焦成束。

（4）质量分析器

质谱仪的质量分析器有多种，ICP-MS 最常用的是四极滤质器分析器，由 4 根平行的金属棒构成，通过在对电极上施加射频电压与直流电压而使离子根据不同质荷比（m/z）实现分离。图 13-4 为四极滤质器示意图。

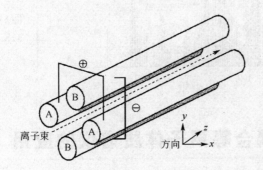

图13-4 四极滤质器示意

（5）检测与数据处理系统

检测器将由质量分析器分开的不同质荷比的离子流接收，转换成电信号经放大、处理给出分析结果。

（6）多级真空系统

质谱仪的离子光学透镜、质量分析器、检测器是在真空环境下工作的。由接口外的大气压到高真空状态下的质量分析器压力降低至少 8 个数量级，这是通过压差抽气技术由机械真空泵和分子涡轮泵逐级实现的。

（7）计算机系统

上述各部分的操作参数、工作状态的实时诊断、自动控制以及数据的采集、进行科学运算均由计算机系统完成。

从 ICP-MS 得到的信息为各元素离子的质荷比（z/e）及离子强度，反映在质谱图上，横坐标为质荷比值，纵坐标为离子强度（图 13-5）。由质荷比信息可得出样品中含有哪些元素；离子强度或相对离子强度与样品中形成该离子的元素含量成正比。

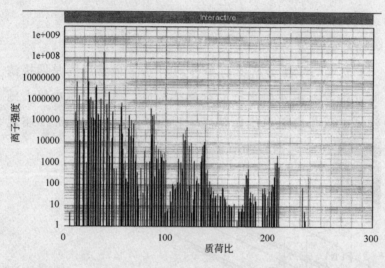

图13-5　ICP-MS 质谱图

13.2　电感耦合等离子体质谱仪的应用

目前，电感耦合等离子体质谱仪广泛应用于生物学、医药、化学、食品科学、化工、地质学、法医学等领域，可进行单元素、多元素及同位素分析。由于仪器在大气压下进样，方便实施与色谱等分离技术联机，从而进行金属元素的形态、价态分析。ICP-MS 具有分析速度快、灵敏度高、检出限低、极宽动态线性范围等优点，但对于固体样品一般需要进行样品预处理。

电感耦合等离子体质谱仪的应用主要分为定性及半定量分析和定量分析两个方面。

（1）定性及半定量分析

当对被分析样品缺乏了解时，可在定量分析前先进行定性或半定量分析（准确度在 30%~50%）。目前的商品仪器都有半定量分析的标准模式。由于此方法简便，既可获得样品的定性信息又可获得样品各元素含量的大致情况，所以在实际分析中应用很广泛。

（2）定量分析

① 外标法。

与原子吸收等元素分析法相同，在 ICP-MS 定量分析中使用最广泛的是外标分析法。用稀酸（如 1% HNO_3）或纯水配制一组被测元素的标准溶液，浓度应能覆盖待测物浓度范围。未知样品必须被稀释至（含固量）小于 2mg/ml TDS（溶解性总固体）。当 TDS 值超过 2mg/ml 时，黏度和基体效应升高，导致测量准确性下降。用标准溶液中各元素的强度值对元素的浓度绘制标准曲线，在理想条件下，元素的测得值是其浓度的一个严格的线性函数。

在实际应用中常在标准溶液及样品溶液中加入一内标元素，用样品强度与内标元素强度的比值来代替强度值，对仪器因时间等因素发生漂移及样品的基体效应进行校正，得到更准确的测定结果。内标元素通常采用 ^{103}Rh、^{115}In、^{159}Tb、^{209}Bi 等元素，这些元素在多数样品中含量很低，且为单同位素或具有一个丰度很高的主同位素。

② 标准加入法。

对高基体等使用外标法难以得到准确结果的样品，可以采用标准加入法进行分析。在几个等份样品溶液中，加入含有一个或多个待测元素的标准溶液，加入量逐份递增，递增量可采用等量或倍数，等份数一般不少于 3 份。分析该组样品，用测得值对加入的被测元素的浓度作图。曲线在 x 轴上的截距（一个负值）即为未加标的样品的浓度。在此方法中，由于各份样品具有几乎相同的基体，基体对测定值所带来的干扰可减至最小。

③ 同位素稀释法。

在样品中掺入已知量的某一元素的浓缩同位素，用测定该浓缩同位素与该元素的另一参考同位素的信号强度的比值变化计算出样品中该元素浓度的方法称同位素稀释法。该法不受各种物理和化学干扰，在 ICP-MS 的所有分析方法中具有最好的精度和准确度。但该法不能用于单同位素元素的测定，实验耗时较长，浓缩稳定同位素也不易得到，因此，主要用于标准参考物的制备等。

（3）分析实例

人发样品中 12 种微量元素的分析。

① 样品。

人发，GBW 09101，GBW 09101a（国家标准物质，人发），90℃，4h 烘干后称重，样品量 0.2g。

② 样品预处理。微波消解；消解液为 HNO_3、H_2O_2。

③ 分析结果列于表 13-1。

表 13-1　人发样品中 12 种微量元素的 ICP-MS 分析结果

元素	含量 /(μg/g)	标准值 /(μg/g)	元素	含量 /(ng/g)	标准值 /(ng/g)
Mg	103.2	105±6	As	62	59±7
Cu	22.3	23.0±1.4	Co	123	135±8
Zn	185.7	189±8	La	11.8	13.4±1.8
Pb	7.6	7.2±0.7	Ce	20.4	19.7±2.6
Cr	4.76	4.77±0.38	Pr	2.5	2.4
Mo	0.56	0.58	Nd	9.1	8.4±1.5

13.3 操作步骤

① 样品溶液的制备。样品准确称重，消解，定容，以1% HNO_3 或超纯水稀释至适当体积，待测。

② 标准溶液的制备。精确吸取待测元素的标准储备液，以 1% HNO_3 或超纯水配制 3 点以上的标准系列溶液，标准系列溶液浓度应覆盖待测样品浓度。

③ 将蠕动泵进样管装好并将进样管放入超纯水杯中，点开蠕动泵。

④ 待进样管路与废液管路均被液体水封后，点燃等离子体火焰。点火正常后，稳定 30min。

⑤ 采集质谱数据，得到理想的图谱后，停止实验。

⑥ 分析实验数据。

13.4 实验注意事项

固体及高基体液体样品在 ICP-MS 分析前需进行样品预处理，使固体转化为溶液形式并破坏样品中存在的有机物质。ICP-MS 主要应用于微量分析及痕量分析，由于某些元素（如Ca、Zn、Sr、Fe 等）在环境中普遍存在，因此，控制、防止环境及样品前处理过程中对样品的污染是 ICP-MS 分析中特别需要注意的问题。样品预处理主要有湿法消解、碱熔融消解、微波消解等方式。

（1）湿法消解

使用强无机酸或强无机酸的混合酸与样品混合于敞开或

密闭的容器，加热使样品分解。多数生物、环境、食品等样品均可使用该法进行消解。

（2）碱熔融消解

对于不可用湿法消解的样品，如难溶矿物质、金属、金属氧化物等可用熔融法进行处理。将样品与碱金属熔剂加热熔融后，以稀酸浸提。此法在处理过程中，引入了大量可溶盐类，需在进行 ICP-MS 测定前进行高倍稀释。

（3）微波消解

微波消解技术近年来已被广泛应用于样品预处理中。与前两种方法相比，微波消解技术具有快速、安全、污染小、可分析挥发性元素等优点。由于微波消解过程全程密闭，加入的无机酸将残留在样品溶液中，在进行 ICP-MS 测定前需对溶液进行稀释。

电子显微镜

人类对世界的认识是从宏观到微观不断深入的。人眼分辨本领大约是 0.2mm，而对小到微米级的物体就无法分辨了。光学显微镜开阔了人们的眼界，可以观察到物体的显微结构。但无论多么完善的光学显微镜，它的分辨本领也只有 0.2μm。20 世纪 30 年代，德国科学工作者 Knoll 和 Ruska 制成了世界上第一台透射式电子显微镜，用电子束代替可见光作为照射源，其分辨率可达 2Å($1Å=10^{-10}$m)水平，这样人们就可以看到超微乃至分子水平的结构。电子显微镜作为一种研究工具，在生物、医药、环境、考古、物理、化学等各门学科中都有广泛应用。目前普遍使用的电子显微镜有透射式和扫描式两种，即透射电镜和扫描电镜。

第14章 透射电子显微镜

透射电子显微镜（transmission electron microscope，TEM）简称透射电镜，是利用电子照射样品，用电子透镜收集穿透样品的电子并放大成像，以显示物体超微结构的电子光学仪器。

14.1 仪器简介

图 14-1 是日本电子公司 JEM-1011 型透射电镜。

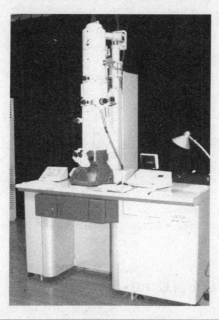

图 14-1 日本电子公司 JEM-1011 型透射电镜

透射电镜的主体是镜筒（图 14-2），镜筒是一个电子光学系统，主要由照明系统、样品室、成像系统 3 部分组成。此外，还有真空系统、电源、调控装置等。

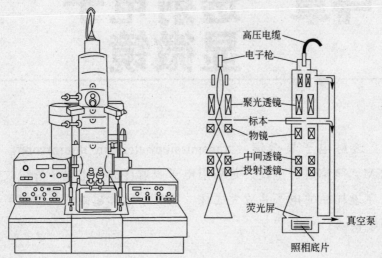

图 14-2 透射电镜镜筒构造

（1）照明系统

照明系统主要包括电子枪和聚光透镜。电子枪（图 14-3）产生细而强的高速电子束，聚光透镜将电子束会聚照射到被观察的样品上。

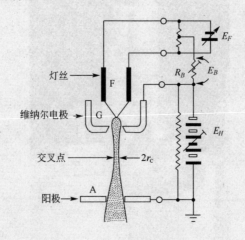

图 14-3 透射电镜电子枪的构造

电子枪由阴极（灯丝）、维纳尔栅极（控制极）和阳极组成。常用的阴极为发叉式钨丝，通电加热后灯丝发射电子。阳极为中心有圆孔的金属圆板。阳极对阴极有 100 kV 左右的正电压，使电子加速，高速电子从阳极中心射出。电子束由灯丝尖端发射，经极间电场的作用，在阳极附近形成一个最小截面的交叉点，此处电子束的直径只有几十微米，电镜实际上是把这个交叉点作为电子照射源。电子束由交叉点发出是发散的，需经聚光透镜会聚才能使样品上有足够的亮度。调节聚光透镜电流可以改变样品上光斑的面积和亮度，同时还可改变电子束的孔径角。正聚焦时最亮，过焦或欠焦时光斑面积变大，亮度变小，但孔径角变小，成像较清晰，分辨率较高。

（2）成像系统

成像系统一般包括物镜、中间透镜、投影透镜三级放大电磁透镜，最后在荧光屏上成像观察。靠近样品的第一个放大镜是物镜。物镜成像的好坏对电镜的分辨本领起决定性作用。第二个放大镜称为中间透镜，可使像放大或缩小，从而在很大范围内调节电镜的总放大倍数，一般可从一千倍到几十万倍。第三个放大镜称为投影透镜，它使中间像放大后在荧光屏上成像。除了在荧光屏上观察放大像外，还可在荧光屏下面或在荧光屏与投影透镜之间，用照相底片或 CCD 相机直接对电子成像，记录观察到的结果。

因为样品对电子的吸收很弱，所以透射电镜成像的反差不能像普通光镜那样依赖于吸收的差异，而是主要依赖于散射的差异。散射的强弱与原子序数的高低成正比。样品上原子序数高的点，电子的散射强，形成的像点就暗。反之，原子序数低的点，形成的像点就亮。物镜光阑位于物镜的后焦面，为直径几十微米的小圆孔，它在形成反差中起重要作用。由于孔径角小，电镜成像的景深与焦深都比较大，因此可以用来观察凹凸不平的薄膜样品，并且在荧光屏上下很大范围内都能拍出清晰的像。

（3）真空系统

为避免电子枪发出的电子与空气分子发生碰撞，要求镜筒中保持较高的真空。如果真空不好，会使灯丝寿命缩短，电子枪放电而引起高压不稳，样品也容易污染。

（4）电源

透射电镜所需的主要电源包括灯丝加热电源、电子加速电源、透镜励磁电源。灯丝加热用高频或直流电源，以使加热稳定。高压电源提供电子加速电压，调节范围为 20～100 kV。透镜励磁电源供给各透镜电流，电压不高，电流较强，为安培数量级。对于加速电压与透镜电流都要求有足够的稳定度，否则将影响透镜的焦距，造成像差，不能得到清晰的像。

（5）样品室

主要包含一个样品杆，用于放载有样品的铜网并将其送入样品室内进行观察。

（6）调控装置

主要包括对真空、样品杆、观察、照相、透镜合轴、电子束对中等进行调控的电子线路。

14.2　透射电子显微镜的应用

透射电镜主要用来观察组织细胞等生物样品和材料化合物，在药学领域的研究也主要集中在这两个方面，以下是几个应用的案例。

（1）案例一，组织样品

图 14-4 是大脑神经组织的透射电镜照片。

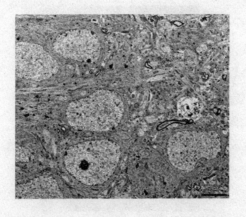

图 14-4 大脑神经组织的透射电镜照片

（2）案例二，培养细胞

图 14-5 是培养细胞的透射电镜照片。

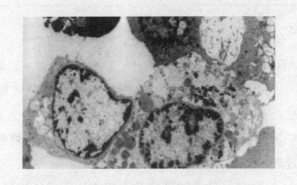

图 14-5 培养细胞的透射电镜照片（×3000）

（3）案例三，病毒或生物大分子

图 14-6 是负染法制备的冠状病毒的透射电镜照片。

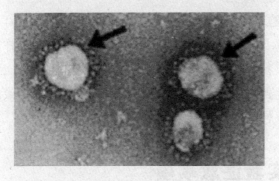

图 14-6 负染法制备的冠状病毒的透射电镜照片

（4）案例四，载药纳米微囊

图 14-7 是负染法制备的载药纳米微囊的透射电镜照片。

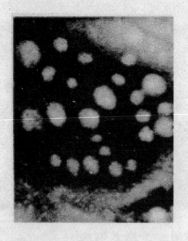

图 14-7 负染法制备的载药纳米微囊的透射电镜照片

14.3 操作步骤

透射电镜实验步骤（以最常观察的超薄切片为例）如下。

① 取材。材料切成约 $1mm^3$ 的小块。

② 固定。固定的目的是使组织中的各种结构成分保持在原位，而不至于在样品处理过程中发生改变。

③ 脱水。电镜使用的包埋剂一般是非水溶性的，因此要经过脱水包埋剂才能浸入样品。

④ 包埋。包埋的目的是将组织块做成能进行切片的硬块。

⑤ 切片。

⑥ 染色。

⑦ 观察。切片完全干燥后，将铜网放到样品杆中，装到电镜上，抽真空后推入样品室。加上高压，打开灯丝电流开关。看到图像后，将电子束散开，移动样品，先在低倍视野下找到照相区域，再转到高倍下，聚焦使图像清晰，调节亮度和对比度，进行照相并保存图像。

14.4 实验注意事项

样品的制备是透射电镜分析中很重要的一个环节，透射电镜观察的是样品表面下的内部细微结构，并且靠收集穿透样品的电子成像，因此，透射电镜对样品的基本要求是薄，厚度一般在 50nm 左右。目前常用的薄样品有 3 种：超薄切片、复型薄膜、分散颗粒。生物样品因含大量水分，其制作过程最复杂，也最具代表性，下面就以生物样品的制作为例来介绍。

（1）超薄切片

组织样品和细胞悬液，如血液、腹水、培养细胞悬液等，需要进行切片才可以观察到细胞内部的结构。一般包括以下几个步骤：取材、固定、脱水、包埋、切片、染色。

① 取材。

a．组织样品。取材要求小和快。样品块大小约 $1mm^3$，整个取材约在 1min 左右完成。有些组织不便于迅速摘取或取下后固定易变形，可灌流固定后进行取材，即在左心室心尖处插管，剪开右心耳，先用 37℃ 生理盐水冲去血液，再用 4%多聚甲醛和 2%戊二醛的混合液灌注 20min。

b．细胞悬液。先用生理盐水洗涤细胞，然后离心 5min，1000r/min，去上清，加入 3%戊二醛固定 1h，将沉淀块铲离管底翻一个面继续固定 1h，之后切成 $1mm^3$ 的小块按组织块处理。

② 固定。

一般采用戊二醛和锇酸双固定法，即先用 3%戊二醛，4℃固定 2～24h，磷酸缓冲液冲洗后，用 1%锇酸，4℃后固定 2h。

③ 脱水。

通常用 30%、50%、70%、90%、100%的系列丙酮对样品进行逐级脱水，以防止样品收缩。每级脱水 10～15min，100%丙酮脱水进行 3 次。

④ 包埋。

常用的包埋剂有 Epon812、Spurr 等。脱水后的组织块先用脱水剂和包埋剂的混合液浸透 1h 以上，再用纯包埋剂浸透 2～3 次，12h/次，然后将组织块移至包埋板或胶囊中，加入包埋剂，60℃固化 48h。

⑤ 切片。

在切片前，对包埋好的组织块要先进行半薄切片定位，然后进行修块，去掉不需要的树脂和样品部分，修出一个小的梯形切面。用专门的超薄切片机切出 50 nm 左右的连续切片，将切片捞在覆盖有聚乙烯醇缩甲醛膜（Formvar 膜）的铜网上。

⑥ 染色。

用电子显微镜观察切片时，要具有一定的反差才能得到清晰的图像。生物样品一般含 C、H、O 等低原子序数成分，直接观察反差很低，通常用重金属盐处理，使某些结构与重金属成分结合以增加反差。一般采用双染法，即切片先用醋酸双氧铀避光染色 30min，蒸馏水漂洗后，再用枸橼酸铅染色 15～30min。

（2）复型薄膜

利用蒸发碳来制造某些组织表面的复型，可以在复型薄膜上观看断裂面的许多立体形象，特别是可以揭示出生物膜的内外表面。它弥补了超薄切片和扫描电镜对样品观察的不足，是研究生物膜结构的重要方法之一。

复型薄膜的主要制作过程如下：首先将样品切成长 3 mm，横径 1～2mm 的小块，在 3%戊二醛中，4℃固定 1～3h，经磷酸缓冲液洗涤后，放置于 30%甘油中 8～24h，4℃冰箱保存。然后将样品用液氮迅速冷冻至–190℃以下。在真空喷镀仪中，当真空度为 10^{-5}Torr，样品升温至–110℃左右时，割断样品。对样品慢慢升漫至–100～96℃，持续 3～10min

使冰升华进行蚀刻，然后于样品断裂面上成 45°角方向喷铂，以增加表面结构反差，再于 90°角方向喷碳成膜。最后在 10%次氯酸钠的组织腐蚀液中分离出复型薄膜，将其捞至未做支持膜的铜网上，于透射电镜下观察。

（3）分散颗粒

这里所说的分散颗粒包括细胞碎片、病毒、生物大分子、载药纳米微囊等，其大小小于 100nm，不必制成超薄切片，可直接观察。制样的关键在于适当分散和增强反差。一般采用负染法，即样品颗粒通过周围及缝隙的染料干涸物的衬托，显现出透明的结构。操作过程是将样品悬液用水进行适当稀释，滴加在带有支持膜的铜网上，吸附 30～60s 后，用滤纸条吸走多余液体，然后立刻滴加 1%～2%磷钨酸钠染色 30～60s，用滤纸条吸干染液，干燥后即可在电镜下观察。对于难以分散的样品，可预先对铜网支持膜进行亲水处理，这样液滴在膜上能分散得好些。

第15章 扫描电子显微镜

扫描电子显微镜（scanning electron microscope，SEM，简称扫描电镜）是利用细电子束在样品上逐点逐行进行扫描，收集样品产生的某种信号（通常为二次电子），对样品的表面形态进行观察的装置。

15.1 仪器简介

图 15-1 是日本电子公司 JSM-6360LV 型扫描电子显微镜。

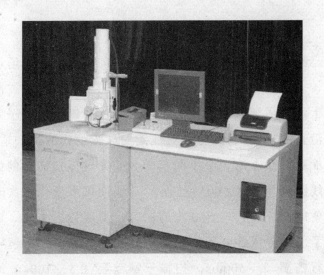

图 15-1 日本电子公司 JSM-6360LV 型扫描电子显微镜

扫描电子显微镜主要由电子束发生装置、扫描发生器、信号探测系统、显示系统等部分组成（图15-2）。

（1）电子束发生装置

扫描电子显微镜的分辨本领取决于电子束轰击在样品上的斑点大小，电子束截面小、强度大才能获得高分辨率。扫描电子显微镜的电子枪一般用发叉式钨丝作为阴极，加热后发射电子，加速电压较低，一般为2～30kV。电子束交叉点截面直径小于50μm，经第一、第二聚光透镜和物镜缩小后，电子束打在样品上直径为几十埃。

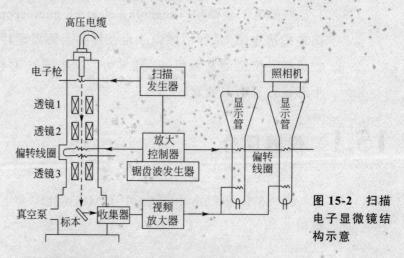

图15-2 扫描电子显微镜结构示意

（2）扫描发生器

要使电子束在样品表面扫描，可加适当的磁场使电子束偏转。在电子束四周相互垂直的方向上各加一对线圈，在线圈上通以周期性的锯齿形电流，产生的磁场使电子束在样品上沿直线来回扫描。将两对线圈中电流变化的周期适当配合，就能对样品上的一个小面积（一帧）进行扫描。例如，当一对线圈每秒变化500次，另一对线圈每秒变化1次时，电子束就能在左右扫描500次的同时，前后扫描1次。这样就实现了一帧分成500行扫描，每秒扫描一遍。在电镜中，扫描一行需要2～500ms，扫描一帧需要0.5～100s，每帧分成

250～1000 行。快扫描用于观察样品的形态，慢扫描用于照相。

（3）信号探测系统

扫描电子显微镜主要收集的是从被轰击的样品表面几十埃厚的薄层中发出的低能电子，主要包括二次电子、背散射电子、X 射线。通常扫描电子显微镜都是采集二次电子成像来反映样品表面形态的，这是因为二次电子的产率与电子入射的角度有关。当一个样品表面凹凸不平时，入射的电子束与各处表面就形成了不同的交角，这样电子束在样品表层的行程就不同，从而产生了强弱不同的二次电子发射。因此，二次电子的信号包含了样品表面形态的信息。另外，二次电子成像有很强的立体感，这是由于电子束入射孔径角很小，形成了大的景深，使得凹凸不平的表面各处可同时形成清晰的像。通过调节物镜光阑大小和工作距离（物镜下沿到样品表面的距离）可以改变孔径角的大小，从而改变景深大小。光阑孔径越小，工作距离越大，景深越大。

二次电子的探测系统由收集器和放大器组成。首先在收集器的探头聚焦极加上 250V 电压，将二次电子吸引过来，通过闪烁体表面 10kV 电压使二次电子加速并打在闪烁体中心部位，闪烁体产生荧光。然后通过光电倍增管将光信号转变为电流信号。最后送入放大器，得到几十伏的电压信号。另外，扫描电镜还可以加上探测其他信号的附件，这样就可以对样品进行综合分析。

（4）显示系统

显示系统由显像管和相关电路组成。显示电子束由显像管的电子枪发出，打在荧光屏上成为一个亮点，其强度由探测系统输出的电压信号调控。如果使显示电子束与样品上的入射电子束严格同步扫描，则荧光屏上画面与样品的被照射面逐点逐行一一对应。这样就可在荧光屏上看到样品的表面形态。扫描电镜的放大倍数取决于被扫描的样品面积，即被扫描的面积放大到荧光屏上，其边长的放大倍数就是电镜的放大倍数，一般可从几十倍到十万倍左右。像的反差是通过电子线路来调节的。

15.2　扫描电子显微镜的应用

扫描电镜主要用来观察样品的表面，与其他显微镜相比，扫描电镜对样品有很大的适应性。除了气体以外，几乎所有的样品都可以运用扫描电镜进行分析；扫描电镜物镜的工作距离长，样品室空间大，可以分析体积较大的样品；扫描电镜对样品的要求较低，许多样品稍加处理就可以进行观察。

（1）案例一，连续样品

图 15-3 是血管腔的扫描电镜照片。

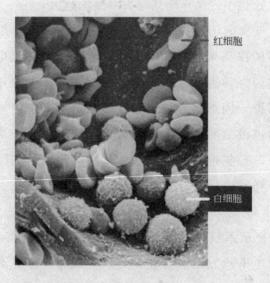

红细胞

白细胞

图 15-3　血管腔的扫描电镜照片

（2）案例二，组织铸型

图 15-4 为血管铸型的扫描电镜照片。

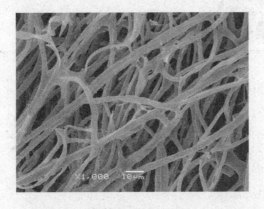

图 15-4 血管铸型的扫描电镜照片

（3）案例三，培养细胞

图 15-5 是培养的神经干细胞的扫描电镜照片。

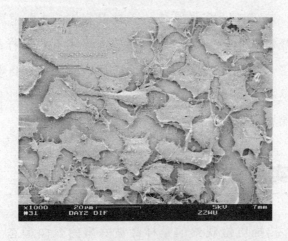

图 15-5 培养的神经干细胞的扫描电镜照片

（4）案例四，载药纳米微囊

图 15-6 是载药纳米微囊的扫描电镜照片。

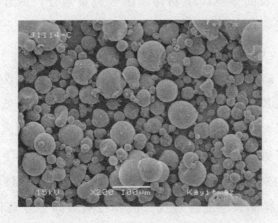

图 15-6 载药纳米微囊的扫描电镜照片

15.3 操作步骤

扫描电镜的操作步骤如下。

① 取材。暴露出要观察的样品表面。

② 固定。

③ 脱水。

④ 置换。

⑤ 临界点干燥。

⑥ 镀膜。

⑦ 观察。将样品托放入样品室中，抽真空后，加上高压，打开灯丝电流开关。先在快扫描模式下观察样品，由低倍到高倍，边扫描边聚焦。移动样品，找到照相区域后，在慢扫描模式下，聚焦使图像清晰，调节亮度和对比度，进行照相并保存图像。

15.4 实验注意事项

扫描电镜观察的是样品被暴露的表面形态。对样品的基本要求是要有充分暴露和保存完好的表面，并且样品必须干燥、表面导电。生物样品因含大量水分，制作过程复杂，最具代表性，下面就以生物样品的制作为例来介绍。

（1）样品表面的暴露和保存

扫描电镜观察的表面通常是组织的自然表面，其上附着的杂质和黏液等需要用酶消化、机械去除（低频超声振动）、生理盐水喷射等方法去除。另外还可通过剥离、化学腐蚀或离子蚀刻、冷冻断裂等方法露出组织表面以下或细胞内部的结构来观察；也可制造组织的复型，如血管铸型来观察。

样品表面需经过戊二醛和锇酸双固定才可以完好保存。

① 组织样品。

组织块可以大些厚些。先用 3%戊二醛，4℃固定 2～24h，磷酸缓冲液冲洗后，1%锇酸，4℃后固定 2h。

② 细胞悬液。

血液、腹水、培养细胞悬液等先用生理盐水洗涤，低速离心后去上清，加入 3%戊二醛，打匀固定 1h，磷酸缓冲液冲洗后，1%锇酸固定 1h，然后用蒸馏水冲洗，以上每步均低速离心。将得到的浓的细胞悬液滴加到覆盖 Formvar 膜或涂有多聚赖氨酸的盖玻片上，静置 1～2min 后，乙醇脱水时将未黏附的细胞冲掉。

（2）干燥

因为样品是在电镜的真空中观察，所以必须干燥。但如果在空气中自然干燥，由于水的表面张力很大，会使样品皱缩变形，破坏表面细微结构，所以一般采用 CO_2 临界点干燥法。临界点干燥法的原理是利用液体加温至一定值时，液相与气相的密度相等，此时称为临界状态，相界面消失，表面张力等于零。而液态 CO_2 的临界温度为 31.4℃，临界压力为 72.9atm，用于临界点干燥最合适。固定后的样品先用系列乙醇脱水，然后用醋酸异戊酯置换乙醇。将样品移入铺有滤纸的样品盒中，快速放入临界点干燥仪中，充以液态 CO_2，升温至 20℃左右，使液态 CO_2 与样品中的醋酸异戊酯置换，15min 后升温至 40℃，此时样品室压力为 100atm，5min 后，打开泄气阀使 CO_2 气体慢慢排出，将样品室降至室温后取出样品。

（3）导电

扫描电镜观察时，电子束在样品上逐点逐行扫描，入射电子容易聚集在样品上放电，从而产生干扰信号。因此样品表面必须具有导电性才能观察。通常采用离子溅射仪在样品表面镀上一层 100Å 左右厚的金导电层，使得聚集电子由样品表面传至样品台上，不致放电。离子溅射仪的原理是利用在 0.1～0.05Torr 的低真空下，上下两极板间加上 1400 V 电压后，产生辉光放电现象。气体分子被电离，在电场作用下，向上轰击阴极的金属板，打出金原子，与气体分子碰撞后，从各方向落在样品上，从而形成一个连续均匀的导电层。具体过程是将干燥后的样品用导电胶带粘在样品托上，放在离子溅射仪中，抽低真空，放电电流 6～8mA 时，镀膜 2min。

其他仪器

第16章 核磁共振波谱仪

核磁共振波谱仪的工作原理为：原子核在磁场中进动，产生能级裂分，受到电磁波的照射，发生共振，吸收能量。自旋量子数不为零的原子核都可以产生核磁共振现象，例如 ^1H、^{13}C、^{19}F、^{31}P、^{14}N、^2H 等。但是有的元素自然丰度很低，无法检测，核磁共振波谱仪中一般常用的原子核为 ^1H、^{13}C、^{31}P、^{19}F。其中，讨论最多的是核磁共振氢谱和碳谱。核磁共振波谱法能够提供原子水平上的结构信息，在鉴定物质结构方面有着不可替代的重要性，广泛应用于药物化学、有机化学、生物化学等众多领域。

16.1 仪器简介

图 16-1 是 Virian 公司的 VnmrJ 2.2C 型核磁共振波谱仪。其组成部分如下。

（1）主体部分

① 超导磁铁。

其作用是提供一个均匀稳定的磁场。超导磁铁实际上是装有铌钛合金丝绕成螺线管，螺线管放在存有液氦的杜瓦瓶中，在液氦的超低温（4K）中导线电阻接近零，通电闭合后，

图 16-1 Virian 公司 的 VnmrJ 2.2C 型核磁共振波谱仪

产生很强的磁场。

② 探头。

探头上装有发射和接收线圈，在测试时样品管放入探头中，处于发射和接收线圈中心。

③ 锁场单元。

锁场单元可以补偿外界环境对磁铁的干扰，提高磁场稳定性。

④ 匀场单元。

在磁极间有很多匀场线圈可以提高磁场均匀性，提高分辨率。

（2）谱仪

谱仪（spectrometer）是电子电路部分，包括射频发射和接收部分、线性放大、模-数转换等部分。由谱仪产生射频脉冲和脉冲序列，处理接收的共振信号。

（3）计算机

我们工作时进行人机对话（操作仪器、设置参数、数据处理和打印图谱）都是通过计算机（computer）来进行的。

（4）其他附属设备

① 量尺、核磁管与转子（图 16-2）。

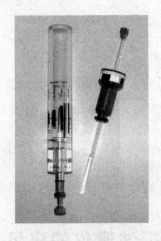

图 16-2　量尺、核磁管与转子

　　样品管插入转子后放入量尺，使样品管中的溶剂中间位置与量尺中间刻度一致，这样样品放入磁铁后位于最佳位置。

　　② 空气压缩机（air compressor）。

　　产生压缩空气，用来控制样品管的装入和排出，并且使样品管在工作时旋转。

　　图 16-3 是一个核磁共振氢谱的实例，横坐标为化学位移，纵坐标为强度。

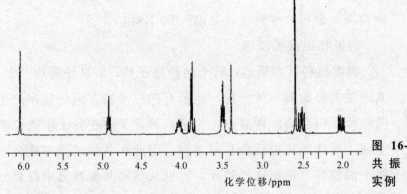

化学位移/ppm

图 16-3　核磁共振氢谱的实例

　　在分析核磁共振谱图时主要关注以下几个因素。

　　① 化学位移。

　　同种原子核在分子中由于所处的化学环境不同，而在不同频率产生共振吸收的现象，称为化学位移。通常化学位移以 δ 表示，单位为 ppm。根据化学位移可以判断是属于什么基团上的氢原子。

② 峰面积。

峰下面所包围的面积，可以由图谱上的积分曲线给出，也可以在图谱上直接打印出，由此可确定基团之间含氢数量比。

③ 峰形。

可以由峰的数目和偶合常数确定基团之间的连接关系。

16.2 核磁共振波谱仪的应用

核磁共振波谱法在药学领域的应用主要是进行药物分子的结构解析和鉴定，已经成为未知化合物的结构分析中一个不可缺少的重要环节。核磁共振波谱法可以给出多方面的结构信息，不同原子核的核磁共振波谱可以提供多个原子的信息，根据图谱中峰的化学位移和裂分情况还可以推测相邻取代基的结构。其中应用最多的为核磁共振氢谱（HNMR）、核磁共振碳谱和二维核磁共振谱（2D-NMR）。

（1）核磁共振氢谱

根据核磁共振原理，对于同种原子核，如果外磁场一定，其产生共振的频率就一定，故所有的原子核在同一频率产生吸收峰。但在实际样品中，由于同种原子核在分子中的位置不同，其化学环境就会有所差别，因此在共振时频率就会有微小的差异，根据这些差异，可以从核磁共振波谱中得到结构信息。

一般说来，影响氢原子的化学位移和峰形的因素众多，主要有诱导效应、各向异性效应、范德华效应、溶剂效应、相邻碳原子的杂化情况、溶剂效应、相邻原子的耦合作用等。核磁共振氢谱就是利用图谱中氢原子的化学位移、峰面积和峰形来进行归属，提供有机分子中不同位置上各氢原子的信息。

图 16-4 是辛可卡因的核磁共振氢谱解析实例，其中上图为常规氢谱，下图为重水交换后的谱图。

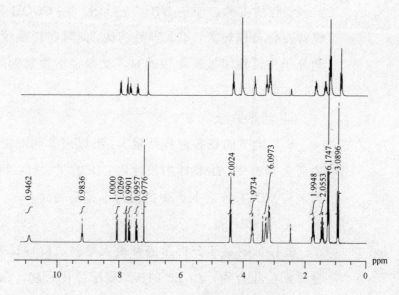

辛可卡因的结构式

图 16-4　辛可卡因的核磁共振氢谱

其中，^1H 谱的归属为：

2 位上的 H 化学位移为 7.21ppm，5 位为 7.79ppm；6 位为 7.69ppm；7 位为 8.08ppm；8 位为 7.45ppm；10 位为 4.42ppm，$J_{H_{10}/H_{11}}$=6.5Hz；11 位为 1.75ppm；12 位为 1.44ppm；13 位为 0.93ppm，$J_{H_{12}/H_{13}}$=7.2Hz；15 位为 3.72ppm，$J_{H_{15}/NH}$=9.2Hz；16 位为 3.28ppm，$J_{H_{16}/N_{15}}$=5.7Hz；17 位和 19 位为 3.18ppm；20 位和 18 位为 1.25ppm，$J_{(H_{20}/H_{19})(H_{18}/H_{17})}$=7.2Hz；NH 为 9.19ppm；HCl 为 10.87ppm。

化合物中 11 位、12 位、13 位、20 位和 18 位质子在最高场，13 位、20 位和 18 位甲基与亚甲基相邻被裂分成四重峰。芳环上的质子 2、5、6、7 和 8 的化学位移为 7～8ppm。3～4.5ppm 之间是和 O 或 N 相连的亚甲基，其中 10 位氢与 O 相连，所以化学位移低一些。从重水交换后的图谱可以看到活泼氢的峰消失。

在分析图谱时可以采用一些辅助手段。

① 重氢交换。

一些活泼氢，如 —NH$_2$，—OH，—COOH 等由于化学位移变化范围较大，不太容易辨认。此时在样品中滴加重水，则分子中活泼氢被重水中的重氢交换，活泼氢的峰就消失了（图 16-4）。

② 溶剂效应。

苯和吡啶的磁各向异性较大，所以用苯和吡啶作溶剂时，图谱会有改变；DMSO 的极性比 CDCl$_3$ 大，所以用 DMSO 作溶剂与 CDCl$_3$ 作溶剂所得的图谱不完全相同。

③ 位移试剂。

位移试剂对于分析图谱有很大帮助。位移试剂为顺磁性金属配位化合物，如 Eu 的 β-二酮配位化合物、Eu(DPM)$_2$ 和 Eu(fod)$_2$ 等，位移试剂对于带孤对电子的化合物有明显增大位移的效果。一般来说，对某些官能团位移影响大小的顺序如下：

—NH$_2$>—OH>C＝O>—O—>—COOR>—CN

位移试剂与带孤对电子基团产生配位作用，各种质子与配位化合物的立体关系和间距各不相同，因此受的影响就不同，产生的位移程度也就不同，从而把质子信号分开。位移试剂除了能使化学位移向低场移动外，有些位移试剂也可使化学位移向高场移动，例如 Pr（DPM）就是这样的位移试剂。

④ 双照射。

双照射的原理为：原子核相互偶合，所得谱峰发生分裂。偶合的条件为：偶合的核在某一自旋态的时间必须大于偶合常数的倒数。在测试样品时需外加射频场产生共振，这时如再加上一个照射射频来照射产生偶合的核，使其达到饱和（高速往返于各种自旋态之间），偶合条件破坏，则偶合的峰发生简并，达到去偶的目的，这种方法称为双照射或双共振。

⑤ 核的 Overhauser 效应。

在核磁共振中饱和某一自旋的核，则与其甚相近的另一个核的共振信号强度也加强，这种现象称为核的 Overhauser 效应（nuclear overhauser effect，简称 NOE 效应）。NOE 效应与去偶作用不同，去偶方法是找出两个偶合核的关系，而 NOE 效应是解决两个原子核空间接近的关系，可以确定分子的构象，与质子间键的距离没有关系，照射能量通过磁场传递。

（2）核磁共振碳谱

核磁共振碳谱的分析目标为碳原子，由于碳原子构成了有机物的骨架，因此核磁共振碳谱对有机物的结构分析有着重要的意义。能产生核磁共振信号的碳原子为 ^{13}C，其天然丰度仅为 1.1%，所以信号较弱，样品浓度较低时，往往需要过夜扫描才能得到理想的图谱。

^{13}C 的化学位移范围比 ^1H 的化学位移范围大得多，一般的 ^1H 谱范围在 0～10ppm，而碳谱的范围在 0～200ppm。常规 ^{13}C 谱为质子噪声去偶谱，即加一个去偶场，包括所有质子的共振频率，去掉了 ^1H 与 ^{13}C 的偶合，因此，得到的各种碳线都是单峰，图谱简单易辨。

图 16-5 为辛可卡因的碳谱实例，其中下图为常规碳谱，中图为 DEPT 135° 的谱，下图为 DEPT 90° 的谱。

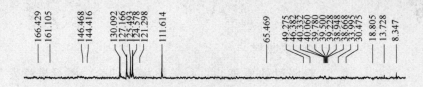

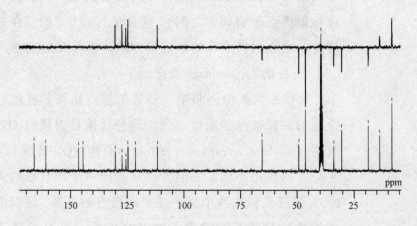

图 16-5　辛可卡因的核磁共振碳谱

　　其中，^{13}C 谱的归属为：

> 　　C1 的化学位移为 161.11ppm；C2 为 111.61ppm；C3 为
> 146.47ppm；C4 为 121.30ppm；C5 为 130.09ppm；C6 为 127.17ppm；
> C7 为 125.49ppm；C8 为 124.58ppm；C9 为 144.42ppm；C10 为
> 65.47ppm；C11 为 30.48ppm；C12 为 18.81ppm；C13 为 13.73ppm；
> C14 为 166.43ppm；C15 为 33.99ppm；C16 为 49.28ppm；C17 和
> C19 为 46.38ppm；C18 和 C20 为 8.5ppm。

　　在核磁共振碳谱实验中，可以采用许多 ^{13}C 的实验技术，以获得更多的结构信息。

　　① 质子噪声去偶（proton broad band decoupling）。

　　质子噪声去偶后得到的谱图没有 ^{13}C-^{1}H 偶合，所有的碳变成单峰，在谱图上单峰的强度大于未简并各峰强度之和。

　　② 质子偏共振去偶（proton off-resonance decoupling-OFR）。

　　质子噪声去偶不能给出 ^{13}C-^{1}H 的偶合信息，使用偏共振能保留谱线多重性，可用于判断碳原子与几个氢相连接。在偏共振谱中甲基碳为四重峰，亚甲基为三重峰，次甲基为双峰，而季碳为单峰。

③ 选择质子去偶（selective proton decoupling-SEL）。

选择质子去偶是归属 ^{13}C-^{1}H 之间偶合的方法。但是每测一次只能解决一个碳的关系，要解决所有碳的相关很麻烦，现在已经被异核二维相关谱取代。

④ 门控去偶（gate decoupling，GD）。

门控去偶是一种既保留 NOE 效应，又保留偶合的去偶方式，利用门控去偶实验得到 ^{13}C-^{1}H 偶合信息。

⑤ 反转门控去偶（inverse gated decoupling，IGD）。

与门控去偶相反，反转门控去偶是消除 NOE 效应，保留偶合作用，使谱线能够代表分子中碳数的多少。

⑥ INEPT 法（insensitive nuclei enhanced by polarization transfer）。

在 ^{13}C 谱中，伯碳、仲碳、叔碳、季碳的分类可以利用偏共振方法来解决。除 INEPT 法可以区分伯碳、仲碳、叔碳、季碳外，还有 DEPT 法、APT 法，因为 DEPT 法的实验条件比较宽松，所以较常用。

（3）二维核磁共振谱

二维核磁共振谱（two dimensional NMR，2D-NMR）的发生使 NMR 技术发生了一次革命性的变化。2D-NMR 提供了更多的结构信息，简化了图谱的解析，使 NMR 技术成为研究生物大分子的有效而重要的方法。

一维核磁共振谱以频率为横坐标，以吸收强度为纵坐标，而二维核磁共振谱（图 16-6）的吸收强度。不同的二维谱的两个频率轴可以表示不同的意义，即它们可以表示化学位移或偶合常数，有时又可以表示不同核的共振频率。

2D-NMR 可以分为两类，一类是分解谱，另一类是相关谱。下面介绍几种最常用的二维谱的解析。

① ^1H-^1H 相关 COSY（correlated spectroscopy）谱。

同核化学位移相关谱，可以解决相互偶合的氢之间的相关关系。

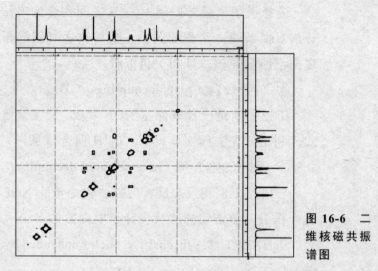

图 16-6 二维核磁共振谱图

② ^1H-^1H 相关 NOESY（nuclear overhauser effect spectroscopy）谱。

识谱方法和 COSY 谱相同，但 NOESY 谱的相关峰表示的是氢和氢之间有 NOE 关系而不是偶合关系，用 NOESY 谱可以解决化合物的构象问题。

③ ^{13}C-^1H 相关 COSY 谱（cross correlated heteronuclear，HETCOR）。

谱图不分轴峰和对角峰。在识谱时，每一个相关点投影到 f_1 轴上那个氢的峰和投影到 f_2 轴上那个碳的峰存在着相关关系，也就是存在着偶合关系，说明它们直接相连。

④ 远程 ^{13}C-^1H 相关（correlated spectroscopy via long range coupling，COLOC）。

COLOC 谱与 HETCOR 谱识谱方法相同，区别在于 HETCOR 谱表示的是 ^{13}C-^1H 的直接偶合关系，而 COLOC 谱表示的是 ^{13}C-^1H 的远程偶合关系，即 ^{13}C-^1H 之间相隔两个键的偶合或两个以上键的偶合。

16.3　操作步骤

核磁共振波谱仪的操作步骤如下。

① 样品的制备。选用合适的氘代溶剂将样品配制成溶液，放入核磁管中。碳谱灵敏度低，需要较大的样品量。氘代溶剂要使样品完全溶解，才能得到好的图谱。

② 弹出带有核磁管的转子，换上装有待测样品的核磁管，核磁管插入转子后放入量尺，使样品管中的溶剂中间位置与量尺中间刻度一致。确认磁铁入口有气流排出后，将带有核磁管的转子放入磁体中。

③ 锁场和调节匀场。

④ 采集数据，保存图谱。

⑤ 数据处理。

a. 傅里叶变换。把 FID 信号变成频域谱。

b. 相位纠正。经相位纠正使峰形对称。

c. 设置参照值。在做峰检出前先定标尺，以内标或溶剂峰作参照值。

d. 积分。在作积分曲线时注意积分曲线要做相位纠正，否则积分值不准确。

e. 设置打印时的化学位移域值。选取域值线，域值线以上的峰标出化学位移值，线以下的不标化学位移值。

f. 打印图谱。

16.4　实验注意事项

（1）进行核磁共振氢谱实验时的注意事项

① 样品。

样品要比较纯，并应能溶解在氘代有机溶剂中，才能测得高分辨率的图谱。

② 溶剂。

核磁共振氢谱中使用的溶剂需为氘代试剂，这是由于溶剂分子中的氢会产生很大的溶剂峰，干扰图谱，用氘取代后，因为氘的共振频率和氢的共振频率差别很大，在测量氢谱时没有很大干扰。但氘代溶剂的氘代程度一般在99%以上，其余1%左右的氢在谱图上还会产生溶剂峰，应注意识别。

③ 化学位移标准物质。

a．必须有高度化学惰性，不能与被测样品反应。

b．必须是磁各向同性的。

c．必须能给出一个简单的、尖锐的、易于识别的吸收峰。

目前使用最多的标准物质是 TMS。当选用 D_2O 作溶剂时，由于 TMS 不溶于水，不宜用其作内标物质，此时一般选用 DSS 作内标物质。

$$CH_3—Si—CH_2CH_2—CH_2SO_3Na \qquad CH_3—Si—CH_3$$

（2）在仪器操作过程中要注意的安全事项

① 装有心脏起搏器及金属假肢的人必须远离磁体（至少4.6m），因为强磁场会使起搏器工作失灵，危及生命安全。

② 金属物体应放在 2m 以外的地方，因为金属物体会干扰磁场，影响谱仪的正常工作。

③ 不得在易燃气体或香水环境中操作仪器。

④ 变温实验时不要在样品的沸点或冰点工作。升温试验注意，温度不要超过氘代有机溶剂的沸点，否则溶液汽化，胀裂样品管，污染探头，损坏仪器。低温实验注意，温度不

要低于样品溶液的冰点，否则样品凝固，测不出谱图。另外，在天气比较潮湿做低温实验时，要考虑样品管周围温度低，可能有水蒸气在样品管上凝结成水滴，甚至结冰，影响测试。

⑤ 磁带、信用卡及机械手表要放在远离磁体的地方。强磁场会使磁带、信用卡消磁，机械手表磁化。

第17章 流式细胞仪

    流式细胞仪（flow cytometer，FCM）是一项集激光技术、电子物理技术、光电测量技术、计算机技术以及细胞荧光化学技术、单克隆技术为一体的新型高科技仪器。利用流式细胞仪可以对处在快速直线流动状态中的生物颗粒，如各种细胞、微生物及人工合成微球等进行多参数、快速定量分析，同时还可以对特定群体加以分选。在分析或分选过程中，包在液流中的单个细胞或细胞器通过聚焦的光源，每个细胞通过测量区可以产生荧光信号或散射光信号，通过这些信号的测量，可以了解细胞的一些理化性质，并可根据这些性质分选出高纯度的细胞亚群。

17.1 仪器简介

    目前的流式细胞仪可以分为两大类：一类是台式机，机型较小，光路调节系统固定，自动化程度高，方便操作，临床检验使用的多是这类机型。另一类是大型机，可以快速地进行分选，而且可以把单细胞分选到指定的培养板上，同时可以选配多种类型和波长的激光管，可以同时测量多个参数，满足不同的科研需要。目前国际上流式细胞仪两大生产厂家分别是(Becton Dikinson)公司和 Beckman Coulter 公司。美国BD 公司生产的流式细胞仪有 BD LSR、FACS Calibur、FACS Aria、FACS Vantage Diva 等，Beckman Coulter 公司的流式细胞仪有 EPICS XL/-MCL、Cytomics^{TM} FC 500 系列等（图 17-1）。

BD LSR

BD FACS Calibur

BD FACS Vantage Aria

BD FACS Diva

Cytomics^{TM} FC 500

EPICS XL/-MCL

图 17-1　不同型号的几种流式细胞仪

流式细胞仪主要包括以下三大部分（图 17-2）。

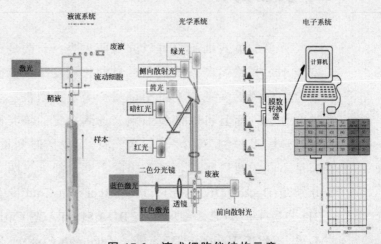

图 17-2　流式细胞仪结构示意

① 流动室和液流系统(fluidics system)。

液流系统的作用是依次传送待测样本中的细胞到激光照射区,其理想状态是把细胞传送到激光束的中心。

② 光学系统(optics system)。

包括激光光源、滤光片和若干组透镜等光学元件。

③ 电子系统(electronics system)。

包括光电转换器和数据处理系统。

流式细胞仪的主要参数包括散射光和荧光两种信号。散射光信号分为前角散射光(forward scatter,FSC)和侧向散射光(side scatter,SSC),散射光不依赖任何细胞样品的制备技术(如染色),因此被称为细胞的物理参数,即反映细胞的大小和内部结构。荧光信号是对细胞进行特异染色后的特异性荧光染料受激光激发后发射的,通过对这类荧光信号的检测和定量分析可以了解细胞的一些参数的存在和变化。荧光信号的波长取决于所采用的荧光染料,常用的荧光染料见表 17-1。选用哪种荧光素应根据试验的目的以及仪器的激光配置情况决定,核酸染料有 PI、Hoechst33342、DAPI 等;细胞表面分子的荧光探针有 FITC、PE、Percp 等;研究线粒体膜电位常用的荧光探针有 JC-1、Rho123 等。

表 17-1 常用荧光染料

荧光素	最大激发峰波长/nm	最大发射荧光峰波长/nm
FITC(异硫氰酸基荧光素)	488	535
PE(藻红蛋白)	488	575
PI(碘化丙啶)	493	630
PercP(多甲藻叶绿素蛋白)	490	677
APC(别藻青蛋白)	650	660

与其他细胞分析技术相比,流式细胞术有以下优点。

① 速度快。

可以对细胞或细胞器进行快速测量,测量速度可达到每秒钟数千个至上万个细胞。

② 高灵敏度。

每个细胞上只需要带有 1000～3000 个荧光分子就能检测出来。

③ 高精度。

在细胞悬液中测量细胞，比其他技术的变异系数更小，分辨率较高。

④ 高纯度。

分选细胞的纯度可达到 99％以上。

⑤ 多参数。

可以同时测量多个参数。

⑥ 在适当的条件下，可以对细胞进行无害性的分析和分选。

流式细胞仪所显示的数据如下。

① 单参数直方图。

大多数试验数据都可以用单参数直方图来表示，x 轴表示荧光强度，y 轴表示相对的细胞数（图 17-3）。

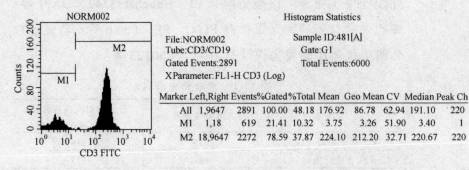

图 17-3 单参数直方图

② 双参数图。

双参数图可以表示来自同一个细胞两个参数和细胞数量间的关系，包括散点图（图 17-4）、等高线图[图 17-5（b）]和密度图[图 17-5（a）]。

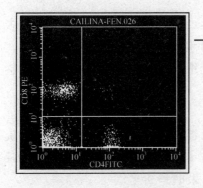

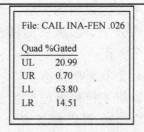

File: CAIL INA-FEN .026

Quad %Gated
UL	20.99
UR	0.70
LL	63.80
LR	14.51

图 17-4 散点图

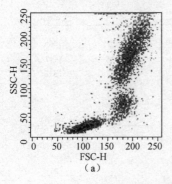

（a）

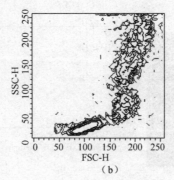

（b）

图 17-5 密度图（a）和等高线图（b）

③ 三维图。

任选 3 个参数为 X、Y、Z，（或者以细胞数为 Z 参数），就构成了三维图[图 17-6（b）]或假三维图[图 17-6（a）]。

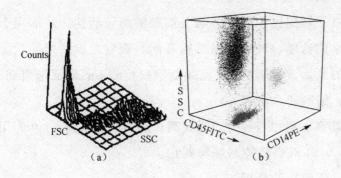

（a）　　　　（b）

图 17-6 假三维图（a）和三维图（b）

17.2 流式细胞仪的应用

目前，流式细胞仪广泛应用于药学、细胞生物学、免疫学、肿瘤学、血液学、遗传学、病理学和临床检验学等众多领域，可以完成细胞大小、细胞的颗粒度、细胞表面分子、细胞浆内分子、细胞周期以及细胞活性的检测等，主要包括以下几个方面。

（1）免疫表型分析

可以用于检测淋巴细胞亚群（图 17-7），监测细胞免疫功能；白血病/淋巴瘤免疫分型；HLA 组织配型及 HLA 与某些疾病的关系；药物、疫苗效果的评价等。

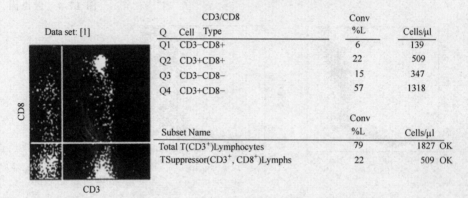

| Data set: [1] | CD3/CD8 | | Conv | |
	Q Cell Type		%L	Cells/μl
	Q1 CD3−CD8+		6	139
	Q2 CD3+CD8+		22	509
	Q3 CD3−CD8−		15	347
	Q4 CD3+CD8−		57	1318
			Conv	
	Subset Name		%L	Cells/μl
	Total T(CD3$^+$)Lymphocytes		79	1827 OK
	TSuppressor(CD3$^+$, CD8$^+$)Lymphs		22	509 OK

图 17-7 流式细胞仪检测淋巴细胞亚群

CD3−CD8＋（第一象限）细胞占 6％，CD3＋CD8＋（第二象限）细胞占 22％，
CD3−CD8−（第三象限）细胞占 15％，CD3＋CD8−（第四象限）占 57％

（2）DNA 含量及细胞周期分析

可以了解细胞的周期分布及细胞的增殖活性，从而用于肿瘤的早期诊断、肿瘤的良恶性诊断、观察细胞的增殖状态及疗效的监测。图 17-8 为用流式细胞仪检测 Jurkat 细胞周期。

（3）细胞凋亡研究

可以鉴别凋亡与死亡，研究凋亡触发机制。图 17-9 为用 Annexin V-PI 双染法检测细胞凋亡。

（4）细胞功能分析

可以用于吞噬功能试验、氧爆发试验及药物泵功能的监测。图 17-10 为用 DCFHDA 标记法检测 Hep−G$_2$ 细胞内活性氧。

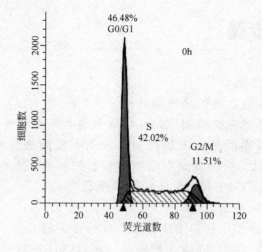

图 17-8 流式细胞仪检测 Jurkat 细胞周期

G0/G1 期细胞占 46.48%，S 期的细胞占 42.02%，G2/M 期细胞占 11.51%

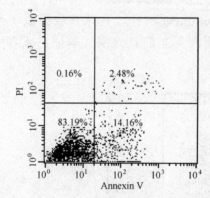

图 17-9 Annexin V-PI 双染法检测细胞凋亡

早期凋亡（第三象限）为 14.16%，中晚期凋亡（第二象限）为 2.48%，死亡细胞（第一象限）为 0.16%，活细胞（第四象限）为 83.19%

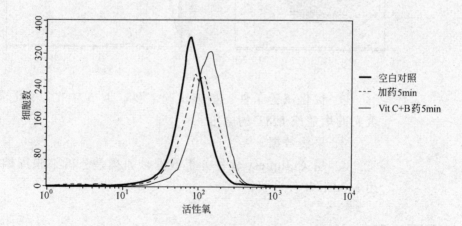

图 17-10 DCFHDA 标记法检测 Hep-G2 细胞内活性氧

先加入维生素 C 保护后再加抗肿瘤药 B 作用 5min（红线），与只加 B 药相比（绿线），红线明显左移，活性氧水平明显下降，提示维生素 C 对细胞有一定保护作用

17.3　操作步骤

（1）样品制备

① 制备出合格的单细胞悬液。

② 对感兴趣的细胞生物化学成分进行特殊荧光染色。

③ 如果不能马上上机检测，应当对细胞进行固定以防止荧光的淬灭。但如果是对活细胞进行的检测，则不能固定，如用 Annexin V-PI 双染色法检测细胞凋亡。

（2）上机检测

操作步骤如下（以 BD FACS Calibur 为例）。

① 开机。先打开流式细胞仪，再打开计算机。

② 打开 Cellquest 软件，建立获取模板。一般需要 FSC VS SSC 散点图，荧光的直方图（单标）或者荧光的散点图（双标或多标）。

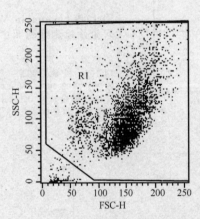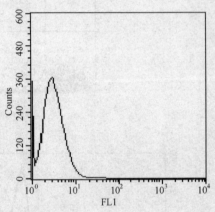

③ 优化试验条件。根据试验需要，调节 FSC、SSC 和荧光的增益或 PMT 的电压。

④ 采集数据。

⑤ 用 Cellquest 软件分析数据，如果是分析细胞周期则用 Modfit 软件分析。

17.4　实验注意事项

流式细胞仪测试的样品必须是单细胞悬液，分析样本细

胞浓度需要在 10^6 个/ml 左右，分选样本细胞浓度需要在 10^7 个/ml 左右，样本中不能有粘连的细胞团块或组织块，一般情况下碎片不能超过 5%。样本可以来自于新鲜组织、培养细胞、石蜡包埋的病理组织或血液等各种体液。样品制备一般可包括以下步骤。

① 首先制备出合格的单细胞悬液。

② 对感兴趣的细胞生物化学成分进行特殊荧光染色。

③ 如果不能马上上机检测，应当对细胞进行固定以防止荧光的淬灭。但如果是对活细胞进行的检测，则不能固定，如用 Annexin V-PI 双染色法检测细胞凋亡。

第18章 电泳仪

电泳类仪器主要用来分离和制备蛋白质、核酸等生物大分子化合物。这些生物大分子在溶液中常带有电荷，如果加上电场，它们就会在溶液中发生迁移，即电泳现象。在具体实验中，生物大分子常在通电的介质（琼脂糖凝胶或聚丙烯酰胺凝胶）中进行迁移。不同大小、形状和电荷的分子进行电泳时，受到溶液 pH 值和离子强度、介质种类的影响而具有不同的迁移速度，电泳结束时，这些化合物因为迁移速度相异停留在不同的位置，从而实现了分离的效果。

18.1 仪器简介

电泳类仪器种类较多，可根据凝胶种类和大小、凝胶板的位置等因素进行分类。图 18-1（a）为琼脂糖凝胶电泳系统，属于水平电泳仪；图 18-1（b）为垂直电泳仪，常用聚丙烯酰胺凝胶。

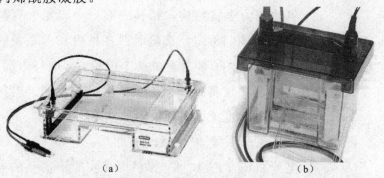

（a）   （b）

图 18-1 水平电泳仪和垂直电泳仪

不同类型的电泳仪都是由凝胶制备系统、电泳槽和电源系统三个主要部分以及辅助系统构成。以上述 BIO-RAD（伯乐）公司垂直电泳仪为例介绍这几个部分的功能。

（1）凝胶制备系统（图 18-2）

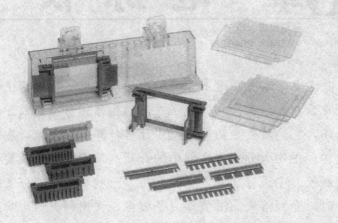

图 18-2　凝胶制备系统

垂直电泳仪中通电介质常为聚丙烯酰胺凝胶，它是通过单体丙烯酰胺和 N, N'-甲叉双丙烯酰胺在有引发剂和增速剂的情况下发生聚合反应而得到的。将含有这两种单体、引发剂和增速剂的溶液注入三面封住的两个玻璃板之间，灌胶架和制胶框起到固定玻璃板的作用。电泳梳在凝胶未形成时置于上层液面之中，待凝胶形成后，会依据电泳梳的形状形成一个或多个上样孔，样品注入上样孔后开始进行分离。

（2）电泳槽

电泳槽为盒状结构，槽体中有一个固定夹有凝胶的玻璃板的装置（图 18-1），实验时要在槽内注入适量的电泳缓冲液。电泳槽的盖子带有正负两个电极，末端与电源系统连接。现在，许多公司都提供高通量的电泳槽，同一时间内可以进行多块凝胶的电泳（图 18-3）。

（3）电源系统

电源系统（图 18-4）提供电泳实验所需要的电场，提供恒压、恒流和恒功率 3 种模式，可根据实验需要设定电源运行时间。现在，电源系统都有多个正负极插孔，可以同时保障多个电泳槽的运行。

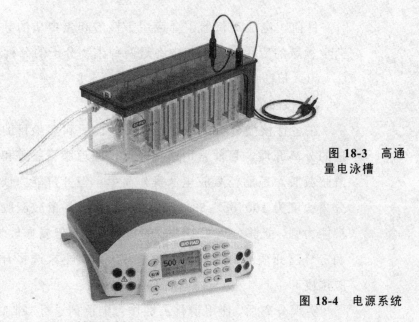

图 18-3　高通量电泳槽

图 18-4　电源系统

（4）辅助系统

目前，许多公司都设计生产了一些电泳辅助仪器（图18-5），大大地方便了电泳实验的具体操作，如 BIO-RAD 公司生产的多板凝胶灌胶器、梯度凝胶生成仪和染色仪等。

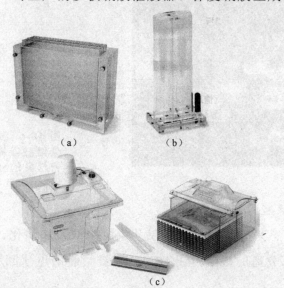

（a）

（b）

（c）

图 18-5　电泳辅助仪器

（a）多板凝胶灌胶器；（b）梯度凝胶生成仪；（c）染色仪

18.2 电泳仪的应用

目前，电泳类仪器主要应用于核酸和蛋白质的分析。在药学领域的应用也主要集中在这两种生物分子的分析上。

（1）核酸的分离和制备

① 核酸的分离。

在进行核酸分析前，要根据核酸性质和实验目的选择合适的分离介质。目前常用两种介质，即琼脂糖凝胶和聚丙烯酰胺凝胶。琼脂糖凝胶电泳操作简单，但分辨能力低，适合分离长度为 200 bp～50 kb 的核酸。聚丙烯酰胺凝胶电泳分辨能力强，能够分离相差 1bp 的核酸片段，但操作较为复杂。确定分离介质后，还应根据核酸片段的大小来选择合适的凝胶浓度。

实现分离后，使用溴化乙锭作为染色剂进行凝胶的染色，在紫外灯下显影检测。实验时，如果在一个上样孔加入分子标尺标准品，则可估算凝胶上核酸的长度（图 18-6）。

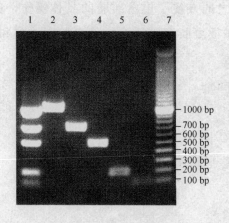

图 18-6 运用聚丙烯酰胺凝胶电泳进行核酸的分离

② 核酸的制备。

对于感兴趣的核酸，可以从凝胶中回收和纯化。琼脂糖凝胶电泳分离的核酸可用 DEAE-纤维素膜的电泳回收法、透析袋电洗脱法和高温融解低熔点琼脂糖凝胶等方法进行回收。回收得到的核酸如果需要进一步纯化，可采取 DEAE-Sephacel 柱层析法和有机溶剂抽提法。

从聚丙烯酰胺凝胶中回收核酸时可采用"压碎与浸泡"法，此方法得到的核酸纯度很高，而且没有酶抑制物等有毒害的污染物，但是此方法操作复杂，效率较低。比较简单的方法是将聚丙烯酰胺凝胶块埋在琼脂糖凝胶中，将 DNA 洗脱到 DEAE-纤维素膜上。

（2）蛋白质的分析

分离蛋白质的介质常为聚丙烯酰胺凝胶，可采用垂直电泳和水平电泳两种方式。根据电泳的方向可以分为 SDS 聚丙烯酰胺凝胶电泳（一维电泳）和双向电泳（两维电泳）。

① SDS 聚丙烯酰胺凝胶电泳（SDS-PAGE）。

SDS 聚丙烯酰胺凝胶电泳属于一维电泳，适合于简单蛋白质样品的分离和制备，对于复杂的蛋白质样品只能进行粗分离和制备。SDS 是一种阴离子去污剂，它能够使蛋白质分子间和分子内的氢键发生断裂，破坏蛋白质的二级结构和三级结构，如果再加入还原剂（DTT 等），还能使蛋白质中的二硫键断裂。具体实验中，加入 SDS 和还原剂后，要在100℃保温 3～5min，蛋白质分子的疏水部分与 SDS 结合，变成线性结构，其长度与蛋白质分子质量成正比。在聚丙烯酰胺凝胶中，SDS 蛋白质复合物的迁移速度主要取决于其长度，长度越小，迁移速度越快。

聚丙烯酰胺凝胶一般分为两个区，即分离区和浓缩区。样品先进入浓缩区，再进入分离区进行分离。电泳结束后，需要通过染色来检测，常用考马斯亮蓝染色和银染色法。图18-7 是一个 SDS-PAGE 分离蛋白质的实例，其中，左右两个泳道为分子标尺标准品，可根据它来估算样品中各个蛋白质的分子质量大小。

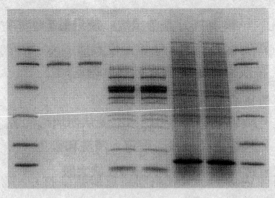

图 18-7 SDS-PAGE
分离蛋白质

② 双向电泳。

双向电泳属于两维电泳（2-DE），其中第一维常为固相
pH 梯度等电聚焦电泳（IEF），第二维为 SDS 聚丙烯酰胺凝
胶电泳。在对复杂蛋白质样品（如细胞提取液）的分离上，
双向电泳有着很大的优越性，它可以同时分离几千个蛋白质
点，最高可达 11000 个蛋白质点。

a. 固相 pH 梯度等电聚焦电泳。固相 pH 梯度等电聚焦
电泳的原理是利用不同的蛋白质具有不同的等电点。在连续
线性的 pH 梯度介质中，带有电荷的蛋白质分子会朝向电荷
相反的电极移动，移动过程中电荷逐渐损失，当移动到其等
电点的 pH 值位置时，蛋白质分子变成中性分子，不再迁移。
不同的蛋白质分子停留在各自的等电点 pH 值位置，从而实
现分离。

实验中常使用固相 pH 梯度干胶条，它具有不同长度和
不同 pH 值范围，可根据样品性质选择合适的干胶条。干胶
条经过泡涨和加样后，在等电聚焦电泳系统（图 18-8）中进
行等电聚焦，结束后，经过平衡使蛋白质样品符合第二维
SDS-PAGE 的要求。

b. SDS 聚丙烯酰胺凝胶电泳（SDS-PAGE）。与一维的
SDS-PAGE 相比，此时的不同在于上样的方式。如果采用垂

直电泳，胶条置于浓缩胶上，再用琼脂糖凝胶进行固定；如果采用水平电泳，将胶面朝下贴在浓缩胶胶面上。

图 18-8　等电聚焦电泳系统

图 18-9 是双向电泳实验所得到的图谱，从一维和二维可以分别估算出蛋白点的等电点和分子质量大小，这些信息对于后续蛋白质点的鉴定能够提供一定的帮助。

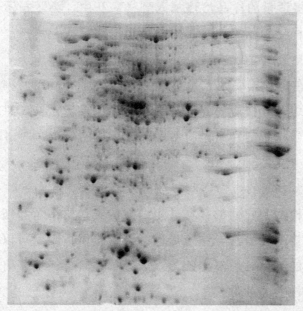

图 18-9　双向电泳的实例

18.3 操作步骤

电泳类仪器与其他仪器的显著不同在于这类仪器结构简单，但操作起来却步骤繁多，对实验操作者有着很高的要求。电泳实验种类较多，操作各不相同，以一维聚丙烯酰胺凝胶电泳为例介绍如下。

（1）凝胶的制备

① 分别配制丙烯酰胺单体贮液（含丙烯酰胺和 N，N'-甲叉双丙烯酰胺）、10%过硫酸铵溶液和缓冲液贮液。

② 根据样品分子质量大小，确定凝胶的浓度。按照这一浓度吸取一定比例的单体贮液、缓冲液贮液、水、10%过硫酸铵溶液和 TEMED，其中，10%过硫酸铵溶液和 TEMED 的量应根据凝胶的聚合情况而定。

③ 将上述溶液注入模具中，插入电泳梳，待其凝固。

（2）上样

将适量的样品溶液加入到样品孔中，为了指示电泳的前沿，样品中一般加入溴酚蓝等指示剂。

（3）电泳

在电泳槽中注入电泳缓冲液，将带有凝胶的模具放入电泳槽中，连接电源。设置合适的电源参数，开始进行电泳分离。当指示剂到达凝胶的底部时，关闭电源，取出凝胶。

（4）染色

大多数的蛋白质和核酸在凝胶中都是无色的，通过染色可以检测到它们的存在。蛋白质的染色常用考马斯亮蓝染色和银染两种方法，染色后的条带直接用肉眼就可以观察到。核酸的染色常用溴化乙锭法，必须在紫外光的照射下才能观察到核酸的条带。

（5）电泳图的分析

18.4 实验注意事项

① 电泳方法种类较多，要根据样品性质和实验目的选择合适的电泳方法。确定电泳方法后，还要选择最佳的凝胶浓度和电泳缓冲液。

② 制备凝胶时，首先要防止漏胶现象的发生。对于聚丙烯酰胺凝胶，还要观察凝胶的聚合情况。聚合过快，表示过硫酸铵和 TEMED 的量过大，得到的凝胶太硬，容易破裂；聚合速度慢，甚至不聚合，则表示过硫酸铵和 TEMED 的量太少，或者已经失效，需要加大它们的量或者重新配制溶液。

③ 上样时，要避免气泡的产生，还要防止样品的弥散。

④ 电泳分离时，为了避免电解质溶液温度过高，常使用循环冷却系统，小型的垂直电泳仪可以置于碎冰中进行电泳分离。

第19章 激光扫描共聚焦显微镜

激光扫描共聚焦显微镜（laser scanning confocal microscope，LSCM）是一种在微观水平采集样品图像并测定相关参数的大型精密仪器。共聚焦显微镜的优势功能在于原位采集荧光图像并测定其相关参数。激光扫描共聚焦显微镜工作原理为，由激光器发射的一定波长的激发光（点光源），被物镜聚焦于样品的焦平面上，样品上相应的被照射点受激发而发射出的荧光，通过针孔光栏（pinhole）后，到达检测器并成像。这样由焦平面上样品的每一点的荧光图像组成了一幅完整的共聚焦图像。

LSCM 常用于对生物组织、细胞及其亚细胞结构中分子、离子等成分进行定位、定性和定量、观察细胞形态，以及监测上述各项指标的动态变化。同时在材料科学、化学、化工等方面也得到了广泛应用。

19.1 仪器简介

仪器所具有的功能完全依赖于其硬件的组成结构和软件的功能完善程度，以下将结合仪器基本结构和工作原理，介绍其基本功能和应用，图 19-1 是 Leica 公司激光扫描共聚焦显微镜。

激光扫描共聚焦显微镜主要由以下几部分系统组成：激光光源系统、扫描器、荧光显微镜、计算机控制系统以及其他辅助设备。图 19-1 和图 19-2（a）显示共聚焦显微镜的仪器基本结构和各部分相互关系。

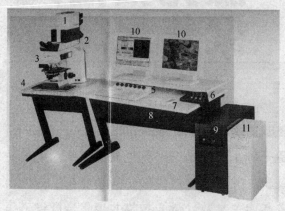

图 19-1 激光扫描共聚焦显微镜的仪器基本组成

1—扫描器；2—显微镜系统；3—高精度 Z 轴微量步进马达；4—防震台；5，6—控制面板控制盘；7—计算机桌；8，9—激光器；10—监视器；11—PC 工作站

（1）激光光源系统

激光光源系统包括激光管、输出能量控制器、冷却系统和稳压电源。激光管作为激发光源，用于激发样品中的荧光物质，使之产生相应的荧光，这是激光的最主要作用。另外，还可以利用激光的点光源高能量特点进行细胞生物学实验。如荧光光漂白技术、光活化技术等。

作为激光光源可单独或同时配备多个激光器，以满足大多数常用荧光探针的需要。目前大多数激光扫描共聚焦显微镜通常使用的激光谱线包括：351nm、364nm、405nm、458nm、476nm、488nm、514nm、543nm、568nm、633nm、647nm。激光光源由计算机控制，激光谱线照射到样品上的激发能量大小可以通过调节激光器输出功率来控制，也可以通过所配置的声光控制器 AOTF（acousto-optical tunable filter）连续控制每个波长的激光输出的能量和强度在合理有效的范围内，同时 AOTF 还能够精确、快速地控制不同激光谱线间的切换和调节。冷却系统和稳压电源用于维持仪器的正常寿命和工作状态。

（2）扫描器

包括分光及单色器、针孔光栏、检测器、扫描镜这些光学系统被密封在扫描器内。

由图 19-2 可见，荧光样品中的混合荧光进入扫描器，经过检测针孔光栏、分光镜和单色器选择后被分成各单色荧光，分别在不同的荧光通道进行检测并形成相应的共聚焦图像，同时在计算机屏幕上可以显示几个并列的单色荧光图像及其合成图像。

针孔光栏是共聚焦显微镜的一个重要的组成部分，它是放在检测器前面的一个小孔，其作用是控制光学切片的厚度，它在实现 CT 式断层扫描成像、排除非焦平面杂散光方面起着关键性的作用，同时也影响图像的荧光强度。理论上，为了得到真正的断层扫描图像，小孔越小越好。因为光线只有通过小孔才能到达检测器，得到相应荧光信号的图像，因此在实际扫描图像中，在保证图像的亮度的情况下，小孔应开得尽量小。

检测器通常采用高灵敏度的光电倍增管，其检测的范围和灵敏度可根据样品的强度进行连续调节。将荧光图像的强度按照 0～255 分级显示。

（3）荧光显微镜

荧光显微镜作为激光扫描共聚焦显微镜的一个重要的组成部分，其载物台上装有微量步进马达。还有物镜和目镜、激发光源（一般为汞灯）、激发滤片、双色反射镜、阻断滤片等几部分。其物镜用于放大样品微观结构。在荧光显微镜部分配备两个光源：卤素灯光源和汞灯光源。其中卤素灯光源用于寻找样品焦平面，观察样品位置、形态和分布；汞灯光源用于观察和分辨样品中产生的荧光物质。对于光敏（例如淬灭）的样品最好用其光镜进行预览，以减少对样品的刺激，预览后，再以激光作为光源，激发样品内的待测荧光。

荧光显微镜的载物台上装有微量步进马达，以驱动载物台在垂直（Z轴）方向移动，用于共聚焦显微镜获取不同层面光学切片时Z轴的移动，这些光学切片是共聚焦显微镜获取三维荧光图像的基础。Z轴的步距大小决定了光学切片的厚度，而Z轴的步距是由实验者输入相应的指令来控制的。

（4）计算机控制系统

共聚焦显微镜仪器的各个部分由计算机予以设置和调控，使光线精确地按照设计要求扫描样品，所有检测信号均可被存于多维的图像储存器内，并对图像资料做进一步的加工处理。计算机还可以存储测定样品的条件，以便重复实验。共聚焦图像文件大，每一幅单色图像有 256kb，每一次测定样品，需要一次将几幅甚至上百幅图像作为一个文件存储，因此对计算机软件功能、运行速度、内存、硬盘要求很高，近几年来计算机软件功能日益强大，运行速度快、内存、硬盘存储容量大，基本满足了共聚焦显微镜技术的需求。

（5）其他辅助设备

按照研究要求可以向共聚焦显微镜仪器的各个部分配置相应的辅助设备，例如加装活细胞保温系统等。

总之，共聚焦显微镜的仪器结构特点包括以下几个方面。

① 用激光作为激发光源，装有检测孔光栏和高度精确微量步进马达，并采用了先进的计算机控制技术，从而实现了点光源在样品上逐点、逐层采集荧光图像，即在三维空间内采集样品的图像。

② 通过仪器参数控制调节荧光图像参数。能够根据样品中荧光信号的强弱、分布，调节激光能量、针孔光栏、光电倍增管（PMT）的检测范围、物镜和电子放大倍数（zoom）、扫描分辨率，以及检测波长的范围，以利于采集各种荧光信号并成像。

③ 采用了图像处理技术，进一步实现了图像的优化。

④ 能够调节配置以适用于不同样品的测定，包括活细胞、组织、材料等。

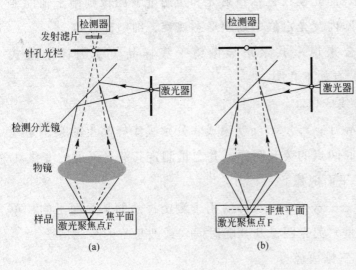

图 19-2　激光扫描共聚焦显微镜工作原理示意

(a) 激光光源经由物镜聚焦于样品焦平面上，焦平面上只有被激光扫描的点 F 所发出的一定波长的荧光才能通过针孔光栏到达检测器并得到相应的荧光图像

(b) 来自非焦平面的光线，均被针孔光栏阻挡，不能到达检测器，因而不能形成共聚焦图像

19.2　激光扫描共聚焦显微镜的应用

共聚焦显微镜具有多种功能，总体来说，主要功能分为两类：采集显微图像和测定相关参数。其中采集图像是参数测定的前提，因此也是其实现功能的根本。目前，单光子共聚焦显微镜在 xy 平面上分辨率平均约为 180nm，在 z 轴方向上分辨率约为 360nm。最大检测样品厚度约为 166μm。可测定的样品主要包括：①生物组织、细胞、亚细胞；②微生物（细菌、真菌等）③生物、化工材料。

（1）采集图像

采集样品经显微镜放大后的图像，可以显示样品的微观结构。

激光扫描共聚焦显微镜获取的图像主要分为荧光图像和光镜图像两类。其中只有荧光图像才是真正的共聚焦图像，共聚焦显微镜的优势功能主要体现在采集荧光图像方面，即"CT式"扫描采集样品多层面或单一层面的荧光图像，在此基础上，进一步完成三维重建、荧光信号定位、定性和定量测定等。而光镜（包括投射光和反射光）图像则用于辅助细胞及细胞内荧光定位、细胞形态观察、细胞计数等。

综合来说，共聚焦显微镜采集样品荧光图像的模式（mode）有如下几类。

① 线成像。

表示为 x–t、y–t、z–t 模式。分别采集样品上的某一条线在不同时间点的荧光图像，并定量测定其荧光强度的变化。

② 平面成像。

xy, xz；xy–t, xz–t, xy–λ 用于测定样品的某平面上的（单一或多重）荧光图像及其随时间（或波长）的变化情况。

③ 三维成像。

xyz, xzy, xyz–t 用于测定样品的三维立体结构内荧光及其随时间的变化情况。对于固体样品，仪器通常的检测下限约为 200nm。

下面分别举例介绍几类图像的采集功能。

① "CT式"扫描采集样品各层面的荧光图像。

激光扫描共聚焦显微镜利用激光对单一或多重荧光样品进行"CT"式逐层扫描，获得相应各层面、线的连续荧光图像即共聚焦图像(图 19-3)。

其成像特点如下。

a．保持样品的完整性。由于采用较低能量的激光逐层扫描样品各层面进行光学成像,所以对检测范围内的样品无需机械切割成片。这样虽然激光有一定程度的影响，但仍可保持样品的完整性以及生物组织或细胞的活性。

b．多种（波长）荧光同时成像。对多重荧光标记的样品，既可获取各单色荧光独立的共聚焦显微镜图像，又可获取多荧光合成(overlay)图像，并可采取顺序扫描软件程序（sequence）克服各通道光谱交叉干扰。

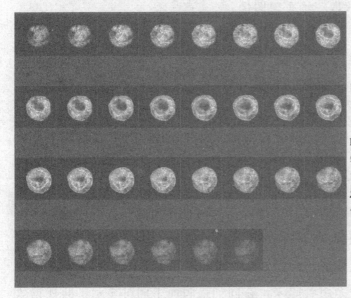

图19-3 "CT"式扫描细胞所获得的各层面的共聚焦图像

K562 细胞用 TRITC-鬼笔环肽标记，物镜为100× 1.40 油镜，扫描的Z 轴步距 0.25μm；伪彩色采用绿色

c．所采集的荧光图像比普通荧光显微镜的质量好，更有利于形态学观察。图像反差高、清晰度高、定位准确。由物镜（objective）和电子放大倍数直接控制图像的大小和成像质量，同时，激光扫描共聚焦显微镜采用了能量可调的激发光源、直径可调的针孔、检测范围可调的高灵敏光电倍增管（photomultiplier，PMT）、高度精确的扫描系统及合理的光路设计、先进的图像处理软件，使其能够对样品中很弱或很强的荧光信号进行增强或减弱、去噪、平滑、提取等操作，从而保证了图像高反差、清晰、定位准确。这是普通的荧光显微镜难以实现的。

d．可以只选择出样品中感兴趣的区域（regions of interest,ROI）和深度进行扫描。获得相应各层面、线的共聚焦图像过程中，可以根据实验目的选择采集图像的区域，确定"CT式"断层扫描的起点、终点层面和方向（*xyz* 或 *xzy*）、深度、步距及光切片的数量、最佳扫描分辨率、图像的放大倍数等，并可测量每帧光切片在样品中的位置。

② 获取三维重建图像。

利用先进的、多功能计算机软件，对"CT"式扫描所获得的样品各层面连续光切片进行三维重建，可得到具有立体结构的三维重建图像，从而实现对样品三维立体结构的直接观察、空间定位、定量测量荧光强度和空间距离。

样品的某一层面的二维共聚焦图像（xy）只反映了该截面的二维信息。如果将样品不同截面上的二维共聚焦图像按照截面的空间关系依次排列，便可得到物体的三维图像和数据。利用 Confocal 采集样品三维重建图像，首先要对一个立体结构的样品按一定的方向、一定的间隔，连续采集其二维断面荧光图像，然后通过计算机软件把这一系列连续图像按照空间关系组合起来，在同一幅画面中同时显示，其视觉效果是再现出样品的原有空间结构。

③ 获取透射光及反射光图像。

对于有荧光、无荧光的样品均可以用激光扫描共聚焦显微镜采集到其透射光图像，因为采集透射光及反射光图像时，不需要进行荧光标记，此时激光光源的作用相当于普通光源（卤素灯或钨灯）的作用。因此，在获取荧光图像的同时，顺便采集待测样品相应的透射光图像，可以同时获得许多微观信息。例如，对于细胞样品来说，可以得到如下信息：

a. 细胞数量、位置。

b. 细胞的某些形态学结构。例如细胞的大小、形态，细胞及其膜是否完整、有无细胞变形，对于有些细胞可以看到其细胞核的位置、细胞表面的轮廓甚至表面绒毛。

c. 样品中杂质的位置。这些透射光信息常用于细胞种类鉴别、排除杂质和非干扰细胞、透射光与荧光共定位、定量测量等方面。

（2）测定相关参数

共聚焦显微镜软件具有测量功能，测定指标包括光信号的强度、几何参数等。通常用于测定图像中荧光强度的变化，荧光分布的面积、直径，多重荧光的相对位置，细胞或颗粒数目和相对位置，荧光分布的直方图等。

将共聚焦显微镜的采集图像功能和相关参数测定功能相结合，实现了该技术在生物医学领域中的广泛应用。在细胞原位用特异荧光探针标记出细胞内的分子（例如核酸、蛋白质、多肽、酶、激素、磷脂、多糖、受体，离子等分子）或利用分子的自身荧光，经共聚焦显微镜显微扫描成像，在图像上显示出待测物质的荧光位点，从而实现其定位；利用软件还可以进一步测定荧光强度及其分布的面积、空间距离等。

因此，荧光图像可以用于定位观察，还可以用于定量测定，跟踪荧光信号的变化，包括荧光信号随着时间（$xy-t, x-t$）、波长（$xy-\lambda$）、光照（例如光漂白和光触发）、受试物种类、受试物浓度、受试物相互作用等的变化。

① 观察细胞及细胞器的活性、形态、数量、位置。

有一些探针可以直接跨过死细胞（包括固定细胞）或活细胞膜，选择性地与特定细胞器结合。这种直接标记的方法可以直接观察在某些生理病理过程中细胞及细胞器所发生的活性、形态、数量、位置的变化。另外，利用免疫荧光技术，通过抗原、抗体反应，可以标记细胞中任何细胞器和许多细胞内大分子，这不仅可以用于定位观察鉴定细胞，而且可以从分子水平来研究细胞的变化。细胞器经荧光探针标记后，可以用激光扫描共聚焦显微镜获得其清晰的图像。

② 荧光分子定性、定位。

利用荧光标记分子常用的定位方法有：单荧光、多荧光共定位、荧光与透射光共定位等。

图 19-4 显示了细胞中同时表达的 4 种荧光蛋白在细胞中的定位。其中图 19-4（a）～图 19-4（d）为激光扫描共聚焦

显微镜分通道采集的 4 种荧光蛋白的分解图像。其中 CFP[呈蓝色，图 19-4（a）]位于内质网；CGFP［呈绿色，图 19-4（b）]位于细胞核中；GFP［呈黄色，图 19-4（c）]位于质膜；YFP［呈红色，图 19-4（d）]位于线粒体。图 19-4（e）为合成（overlay）图像，可以显示出 4 种荧光蛋白在细胞中的共定位情况。

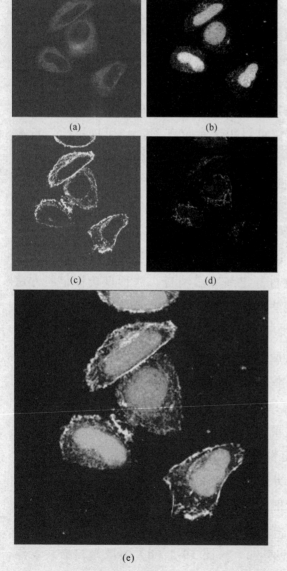

(a)　　　　　(b)

(c)　　　　　(d)

图 19-4　细胞中同时表达的 4种荧光蛋白在细胞中的定位

（a）CFP 位于内质网；

（b）CGFP 位于细胞核中；

（c）GFP 位于质膜；

（d）YFP 位于线粒体；

（e）合成（overlay）图像，
　　显示出 4 种荧光蛋白
　　在细胞中的共定位

（DrsAMiyawaki，Hirano,
　　RIKEN,Wako,Japan）

(e)

③ 定量测定。

激光扫描共聚焦显微镜将所采集的共聚焦图像中的信息转化为数据，即进行定量测定。定量测定的内容主要包括图像中的任意区域（或线）的荧光强度及其变化、荧光的分布特征、面积、空间距离等。

激光扫描共聚焦显微镜测量图像的荧光强度具有很强的定量功能，其优点是在细胞原位、对单一或多重荧光样品以多种模式进行扫描，具有时间和空间分辨功能。

按照是否含有时间控制程序（t），可以将上述扫描模式分为两大类：动态监测和静态测量。动态监测启动了仪器的动态时间程序进行连续监测，而静态测量则不需要设置时间控制程序，直接获取图像进行定量。其测量的特点如下。

a. 扫描速度快。对毫秒级变化或微米级移动的荧光信号进行实时监测。目前共聚焦显微镜系统的扫描速度可达 5 幅/s（在 512×512 像素扫描）。

b. 设置扫描的时间程序。将样品总监测时间划分成几个区段，在各时间区段内分别设置所需的扫描时间间隔、采样帧数、图像质量及开始下一个时间区段的间隔时间。扫描过程中可设置一个或几个加药（或给予其他刺激）的时间点，分析其共聚焦图像任意区域随时间变化的曲线及相应的数据。

c. 能够以线扫描、平面扫描、连续断层扫描的方式跟踪样品中荧光信号在线、平面和三维立体结构中的荧光强度和分布的变化。

d. 选取感兴趣区域（regions of interest,ROI）。只对该区域进行动态监测。

e. 能够给出荧光强度定量曲线，定量数据可靠、直观、简单、快速。

f. 激光扫描共聚焦显微镜利用计算机将扫描和测定结果、测定条件予以储存，反复利用。可随时将不同的"光学切片"、"光学切片"与定量曲线、数据之间任意组合，从而在同一个画面同时展现出图像、曲线和数据。

在细胞水平的研究中，主要用于活的细胞内动态荧光信号的监测。图 19-5 为新生大鼠分离心肌细胞内钙离子变化的动态曲线图。

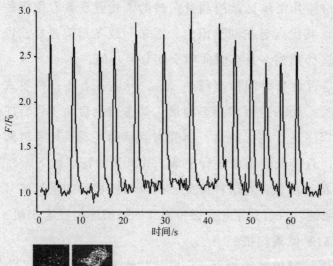

图 19-5 新生大鼠分离心肌细胞内钙离子变化动态曲线
（罗大力提供）

基线图像 峰值图像

④ 检测用免疫荧光方法标记样品。

免疫荧光技术是将抗体（或抗原）标记上荧光素（例如 FITC），它与细胞或组织内相应抗原（或抗体）结合后，通过观察、检测适当的激发光所激发出的荧光，定性、定位或定量检测样品中的抗体。

免疫荧光技术具有结合免疫反应的特异性及在黑色背景中发光物质易被发现的敏感性两项优点。激光扫描共聚焦显微镜是细胞荧光定位及形态观察的最佳方法，因而，可确切地定位出欲测定的少量抗原（半抗原）或抗体在细胞内的定位及细胞表面分子的定性，同时还可以进行定量分析。这样，将激光扫描共聚焦显微镜定位的精确性与抗原抗体反应的高度灵敏性相结合，可以获得最佳的图像、定量及定性结果。

⑤ 检测荧光蛋白。

绿色荧光蛋白（green fluorescent protein,GFP）已成为跟踪活组织或细胞内基因表达及蛋白质定位的标记物。该蛋白吸收光的波长最高峰值在 395nm 处，在 479 nm 处也有吸收峰；发射的绿色荧光波长最高峰在 509 nm 处，在 540 nm 处伴随一小峰。因此，内源性荧光基团在受到紫外光或蓝光激发时，均可发出绿色荧光。其荧光性质一般较为稳定，仅在少数实验中发现其有淬灭现象。其发生的荧光无种属的依赖性，性质稳定，操作简单方便，可观察基因对转染细胞的形态、功能、细胞周期等的影响。

类似于绿色荧光蛋白，目前所使用的荧光蛋白还包括红色荧光蛋白（RFP、DS Red）、蓝色荧光蛋白(BFP)、青色荧光蛋白（CFP）及黄色荧光蛋白（YFP）等，在生物医学中也成为研究的热点。图 19-6 显示了激光扫描共聚焦显微镜采集的细胞中 4 种荧光蛋白图像，可以观察到细胞中同时表达的 4 种荧光蛋白的分布、含量及其定位。在这种方法中，荧光蛋白用于示踪或定位活细胞内的细胞器或细胞核。

⑥ 检测细胞凋亡。

细胞凋亡(apoptosis) 或称程序性细胞死亡(programmed cell death)是指细胞在基因调控下按一定程序主动地走向死亡的过程。目前主要用形态学观察、生化检测及流式细胞术检测方法来检测细胞凋亡。在细胞凋亡的检测中，激光扫描共聚焦显微镜主要用于观察标记荧光的细胞的形态、检测凋亡的进程及测定活细胞凋亡过程中钙的变化等方面。具体方法有：观察细胞膜、核形态、凋亡小体，TUNEL（原位末端标记法）及 Annexin-V 检测法（图 19-6）等。

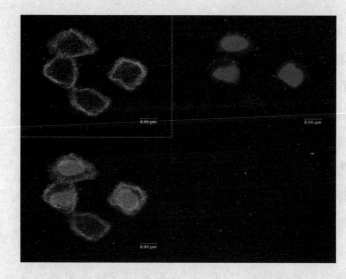

图 19-6 Annexin V-FITC-PI 检测细胞凋亡

AnnexinV-FITC 标记发生 PS 外翻的细胞（呈绿色）；PI 标记发生了膜通透的细胞（呈红色）

　　细胞凋亡的早期，可见到仅仅细胞膜上被染成绿色;在凋亡的中期，Annexin-V 荧光染料会进一步与胞浆内的 PS 结合，可见细胞膜及细胞浆均被染成绿色。Annexin-V 一般要与碘化丙啶（PI）相结合使用，PI 这种核酸染料不能透过完整的细胞膜，但对于凋亡晚期的细胞和死细胞，PI 能够透过而使其染红（陈英育）。

　　⑦ 测定细胞内 Ca^{2+}、H^+（pH）等离子浓度的变化。

　　细胞接受刺激后往往伴随细胞内 Ca^{2+} 浓度及 pH 值的改变。

　　Ca^{2+} 经细胞膜 Ca^{2+} 通道和胞内 Ca^{2+} 贮存库两条途径进入细胞质发挥生理作用。

　　可在用待测离子特异的荧光探针标记活细胞后，再用共聚焦显微镜测定相应离子的浓度变化。

　　⑧ 检测膜电位。

　　由于细胞膜上各种泵（如钠钾泵、钙泵等）的作用，使细胞膜内外维持着不同离子的浓度梯度，包括 Na^+、K^+、Cl^-、Ca^{2+} 等，造成细胞膜电位。对于静止的哺乳动物细胞，细胞内相对于细胞外为负，线粒体内相对于线粒体外电位为负。

　　激光扫描共聚焦显微镜常采用荧光标记法测量膜电位。

⑨ 检测细胞内活性氧的产生。

活性氧也称活性氧物种（reactive oxygen species，ROS），是指氧的某些代谢产物和一些反应的含氧产物。活性氧的特点是含有氧，化学性质比基态氧活泼。活性氧中有一些是自由基，即带有单电子的、能独立存在的分子或离子。在这些自由基中，若单电子位于氧，则称为氧自由基；活性氧中另一些则是非自由基的含氧物，其特点是可以在自由基反应中产生，同时还可以直接或间接地触发自由基反应。生物体内产生的活性氧主要有氧自由基 $\cdot O_2^{-}$ (超氧阴离子)或 $HO_2^{\cdot}$ (氢过氧基)、$\cdot OH$（羟自由基）及其活性衍生物如 H_2O_2（过氧化氢）、$^1O_2$（单线态氧）、$RO^{\cdot}$（烷氧基）及 $ROO^{\cdot}$（烷过氧基）。

在细胞中，可能产生活性氧的地方很多，大体可以将其划分为以下几个部位：线粒体内膜上、细胞膜上、细胞溶胶内、内质网及核膜的电子传递系统中、细胞内过氧化物酶体。参与这个过程的生物分子也很多。

用激光扫描共聚焦显微镜检测就是基于荧光探针标记来检测活性氧的方法。该法不仅可像其他方法一样检测到细胞过氧化物和氢过氧化物的总体水平，还能显示单个不同细胞的实际变化，由于是对活细胞做原位实时跟踪监测，故较其他检测手段更显示出其优越性，测试时可在激光扫描间隙进行原位加样处理，追踪到活细胞在加样瞬间的动态变化，对药效的评价更客观、准确。

⑩ 检测细胞融合。

进行细胞融合前根据不同细胞的特性，将每一种细胞特有的物质用不同波长（颜色）的荧光探针标记出来。融合操作后，用共聚焦显微镜确认不同荧光信号是否发生共定位于同一细胞，如果在同一细胞中同时检测到上述不同的荧光信号，说明细胞发生了融合。

例如，分别用活细胞膜染色剂 PKH67（绿色荧光）和

PKH26（红色荧光）标记 DC（人外周血）细胞和 HLE（肝癌细胞），检测其是否会发生细胞融合。PKH67 的绿色荧光和 PKH26 的红色荧光出现在同一个细胞中，说明已经发生了细胞融合。

⑪ 观察细胞骨架。

细胞骨架包括微丝、微管和中等纤维等组成成分，具有使细胞产生各种运动、支撑细胞、介导细胞外与细胞内的信息传递等诸多作用，微丝的结构随生理条件而动态地改变，进行组装与去组装，在空间与时间上均受细胞内外因素的调控。从形态观察、定位、定量到分子结构与功能调节以及病理变化等各方面对微丝进行研究，为现代生物医学中的重要课题。利用荧光标记技术、激光共焦显微镜与计算机配合可以显示 3 种细胞骨架的结构与分布。

鬼笔环肽（phalloidin）与多聚体肌动蛋白微丝专一性结合且亲和作用强烈，若将鬼笔环肽用荧光探针标记，则可以通过其荧光图像显示出细胞内微丝的结构与分布以及含量变化。

间接免疫荧光的方法可以显示细胞内微管蛋白。

⑫ 检测物质跨膜进入组织或细胞。

为检测药物分子、病毒、细菌等外界物质能否跨膜进入细胞或组织，需要利用这些物质特异性的自发荧光或将其进行荧光标记。该荧光物质与样品作用后，利用激光扫描共聚焦显微镜检测细胞或组织内是否有该荧光出现及其在样品中的定位，还可以检测该物质跨膜进入细胞的动态过程。

⑬ 检测荧光共振能量转移。

荧光共振能量转移（fluorescence resonance energy transfer，FRET）是指在两个不同的荧光基团中，如果一个荧光基团（供体）的发射光谱与另一个基团（受体）的激发光谱有一定的重叠（overlap），当这两个荧光基团间的距离合适时（一般小于 100 Å），就可观察到荧光能量由供体向受体转移的现象，即用前一种基团的激发波长激发时，可观察到后一种基团发射的荧光。因此，FRET 现象的产生可用于证实携带不同荧光基团的两个分子靠得很近，产生了相互作用。

采用 FRET 技术可以解决超过光学显微镜光学显微限度的分子相对邻近度问题，用于研究：

a．二个蛋白质成分间分子相互作用；

b．一个分子内部（如酶活动能力、DNA/RNA 形态）的结构变化；

c．某些特定情况下物质的浓度。

⑭ 检测荧光漂白后的恢复。

荧光光淬灭后的恢复技术（fluorescence recovery after photobleaching，FRAP）是将待测样品用荧光物质标记，然后借助高强度脉冲式激光照射细胞的某一区域，从而造成该区域荧光分子的光淬灭，通过低强度激光扫描，可以探测到该区域周围的非淬灭荧光分子向受照射区域扩散的速率。由于光漂白过程是不可逆的，荧光恢复过程可明显地反映荧光标记物质及其结合物的运动，因此可用来研究分子流动性、细胞间隙连接通讯的快慢。

⑮ 检测细胞间缝隙连接通讯。

细胞缝隙连接（gap junction intercellular communication，GJIC）的通道只允许离子和小分子物质通过，这些物质可以经过缝隙连接在细胞之间流动，流动的方向依赖于分子的化学梯度。因此可用分子质量不同的荧光染料标记细胞来研究 GJIC 的功能。

⑯ 细胞内脂肪的检测。

可以利用荧光探针标记样品内的脂肪，然后用共聚焦显微镜测定。

尼罗红（nile red）是一种脂肪染色剂之一，它只在疏水环境中显示很强的荧光。除了在所需显示的脂质中被溶解外，尼罗红与组织不发生任何反应。因此，nile red 经常被用作荧光疏水探针，可用于检测动物组织中或体外培养细胞内脂滴含量。可以测定的指标有细胞内尼罗红标记区域荧光强度的变化，统计脂肪分布的区域、面积、含有脂肪的细胞数等。

19.3　操作步骤

① 样品准备和荧光标记。根据实验目的准备待测样品，并使该样品载有特征的荧光标记。

② 预览样品，启动荧光显微镜，低汞（氙）灯强度下，快速预览荧光样品，但对于易光敏样品最好只用透射光源快速预览样品。

③ 启动共聚焦显微镜系统，包括启动激光光源、扫描器、计算机软件和硬件系统。

④ 设置共聚焦显微镜采集图像的条件和程序。对于多重荧光样品，要分别设置各荧光和透射光的采集条件，并使之分通道显示在同一画面中。如果采集连续的荧光图像，包括对样品按深度进行的三维断层扫描（xyz，xzy）、时间相关的动态监测（xy-t，x-t）、光谱扫描（xy-λ）、FRAP、FRET 实验等均需要进行相应的程序设置。

⑤ 按照上述条件和程序正式采集并存储图像。

⑥ 对图像进行测定和数据分析。

参 考 文 献

[1] 祁景玉，赵红，朱基千等.现代分析测试技术.上海：同济大学出版社，2006.

[2] 石杰，秦化敏等.仪器分析.郑州：郑州大学出版社，2003.

[3] 吴谋成，贺立源等.仪器分析.北京：科学出版社，2003.

[4] 孔毓庆，胡育筑等.仪器分析选论.北京：科学出版社，2005.

[5] 胡育筑，孔毓庆.分析化学简明教程.北京：科学出版社，2004.

[6] 黄君礼，鲍治宇.紫外吸收光谱法及其应用.北京：北京科学技术出版社，1992.

[7] 谢晶曦，常俊标等.红外光谱在有机化学和药物化学中的应用.北京：科学出版社，2001.

[8] 薛松.有机结构分析.合肥：中国科学技术大学出版社，2005.

[9] 李润卿，范国梁等.有机结构波谱分析.天津：天津大学出版社，2002.

[10] 邓芹英，刘岚等.波谱分析教程.北京：科学出版社，2007.

[11] 吴烈钧.气相色谱监测方法.北京：化学工业出版社，2000.

[12] 李彤，张庆合等.高效液相色谱仪器系统.北京：化学工业出版社，2005.

[13] 于世林.高效液相色谱方法及应用.北京：化学工业出版社，2000.

[14] 张维冰.毛细管电色谱理论基础.北京：科学出版社，2006.

[15] Waters 公司.液相色谱-质谱通讯.第 45 期.

[16] 宁永成.有机化合物结构鉴定与有机波谱学.北京：科学出版社，2000.

[17] 杨凡原，钱小红等.生物质谱技术.北京：科学出版社，2003.

[18] 帕拉马尼克 B N.电喷雾应用技术.蒋宏键等译.北京：化学工业出版社，2005.

[19] 夏其昌，曾嵘等.蛋白质化学与蛋白质组学.北京：科学出版社，2004.

[20] 程时，彭学敏.生物医学电子显微镜技术.北京：北京医科大学、中国协和医科大学联合出版社，1997.

[21] 付洪兰.实用电子显微镜技术.北京：高等教育出版社，2004.

[22] 郭素枝.扫描电镜技术及其应用.厦门：厦门大学出版社，2006.

[23] 黄立.电子显微镜生物标本制备技术.南京：江苏科学技术出版

社，1982.

[24] 康莲娣. 生物电子显微技术. 合肥：中国科学技术大学出版社，
2003.

[25] Dedai A. Human neuroblastoma (SH-SY5Y) cell culture and differentiation in 3-D collagen hydrogels for cell-based biosensing. Biosensors and Bioelectronics, 2006, 21: 1483.

[26] Winkelmann E R. An ultrastructural analysis of cellular death in the CA1 field in the rat hippocampus after transient forebrain ischemia followed by 2, 4 and 10 days of reperfusion. Anat Embryol, 2006, 211：423.

[27] 姚新生，陈英杰. 有机化合物波谱分析. 北京：人民卫生出版社，
1981.

[28] 龚运淮. 天然有机化合物的 ^{13}C 核磁共振化学位移. 昆明：云南科技出版社，1986.

[29] 陶澍. 应用数理统计方法. 北京：中国环境科学出版社，1994.

[30] 王建中. 临床流式细胞分析. 上海：上海科学技术出版社，2005.

[31] 郭尧君. 蛋白质电泳实验技术. 北京：科学出版社，2005.

[32] 伯乐公司生命科学产品手册，2006.

[33] 袁兰. 激光扫描共聚焦显微镜技术教程. 北京：北京大学医学出版社，2004.

[34] 巴德年. 当代免疫学技术与应用. 北京：北京医科大学，中国协和医科大学联合出版社，1998.

[35] 李楠，王凤翔等. 激光扫描共聚焦显微术. 北京：人民军医出版社，1997.

[36] 宋平根，李素文等. 流式细胞术的原理和应用. 北京：北京师范大学出版社，1992.